August von Kotzebue

Die Zerstreuten: Posse in einem Aufzug; Das Landhaus an der Heerstrasse: Fastnachspiel in einem Aufzug

Antigonos

August von Kotzebue

Die Zerstreuten: Posse in einem Aufzug; Das Landhaus an der Heerstrasse: Fastnachspiel in einem Aufzug

Unveränderter Nachdruck der Originalausgabe von 1867.

1. Auflage 2024 | ISBN: 978-3-38637-094-3

Antigonos Verlag ist ein Imprint der Outlook Verlagsgesellschaft mbH.

Verlag: Outlook Verlag GmbH, Zeilweg 44, 60439 Frankfurt, Deutschland, info@outlook-verlag.de
Vertretungsberechtigt: E. Roepke, Zeilweg 44, 60439 Frankfurt, Deutschland
Druck: Libri Plureos GmbH, Friedensallee 273, 22763 Hamburg, Deutschland

Reclams Universal-Bibliothek

Nr. 232

Kotzebue

Die Zerstreuten

Das Landhaus an der Heerstraße

Zwei Possen

Die Zerstreuten

Posse in einem Aufzug

Das Landhaus an der Heerstraße

Fastnachtsspiel in einem Aufzug

Von

A. von Kotzebue

Verlag von Philipp Reclam jun. Leipzig

Druck von Philipp Reclam jun. Leipzig

Die Zerstreuten

Personen.

———

Der Major von Staubwirbel,
Der Hauptmann von Mengkorn, } pensionirte Invaliden.

Charlotte, des Majors Tochter.

Karl, des Hauptmanns Sohn.

(Der Schauplatz ist ein Zimmer in des Majors Wohnung mit einer Mittel- und zwei Seitenthüren. Auf einem Tische liegen Zeitungen und eine Brille. Ein seidener Schlafrock hängt über einem Stuhle.)

Erste Scene.

Lottchen (am Fenster).

Da geht er — jetzt kommt er — Pst! pst! kommen Sie herauf, ich bin allein. (Sie geht weg vom Fenster.) Das läßt er sich nicht zwei Mal sagen. — Aber künftig? wie wird es künftig werden? — Das Recht mit der Geliebten allein zu sein, verdrängt gewöhnlich die Lust dazu.

Zweite Scene.

Karl und Lottchen.

Karl. Mein Gott, wie lange haben wir uns nicht gesehen!

Lottchen. Gesprochen, wollen Sie sagen, denn gesehen haben wir uns alle Tage.

Karl. Nennen Sie das gesehen, wenn man täglich ein Dutzend Mal in Schnee und Regen vor Ihrem Fenster vorbei streicht? und höchstens Ihre Hand gewahr wird, wie sie mit der Nähnadel in die Höhe fährt?

Lottchen. Was kann ich dafür, daß mein Vater so selten ausgeht, und so ungesellig ist, wie eine Spinne? Sitze ich denn nicht hier und lese vor langer Weile uralte Zeitungen, in die meine Putzmacherin ihre Blonden gewickelt hat? — Doch verderben wir die schöne Zeit nicht mit Klagen und Vorwürfen. Ich habe Ihnen Gutes und Böses anzukündigen.

Karl. Ich desgleichen.

Lottchen. Mein Vater hat noch einen alten Freund, ich weiß nicht wo, einen ehrlichen Sechziger, dem hat er mich zur Frau versprochen.

Karl. So? ist diese Nachricht die gute?

Lottchen. Nein, das ist die böse. Aber heute kam ein Brief mit schwarzen Rändern, der alte Freund ist gestorben, und folglich kann ich ihn nicht mehr heirathen.

Karl. Gott gebe ihm eine sanfte Ruhe und vor der Hand ja noch keine fröhliche Auferstehung. Mir ist's beinahe eben so ergangen. Mein Vater hatte mir ein reiches Mädchen in seiner Heimat zugedacht, und, ohne mich zu fragen, auch

schon Alles in Richtigkeit gebracht. Glücklicherweise ist das
Mädchen mit einem Andern davon gelaufen.

Lottchen. Glück auf den Weg! Also sind wir Beide wie=
der frei?

Karl. Frei? ich bin nicht frei.

Lottchen. Machen Sie mir keine querelle allemande,
junger Herr. Ich weiß, Sie tragen meine Fesseln, und ich
bin auch gar nicht gesonnen, Ihnen die Freiheit zu schen=
ken; um so weniger, da ich in den Ihrigen mich so un=
besonnen verwickelt habe.

Karl. Nun wär' es ja wol Zeit, Hymens Rosenbande
darum zu schlingen?

Lottchen. O ja, wenn unsre Väter nur auch bedächten,
was wir so oft bedenken.

Karl. Da Ihr Bräutigam gestorben, und meine Braut
davon gelaufen ist, was steht denn noch im Wege?

Lottchen. Ich weiß nicht, es kommt mir bisweilen vor,
als ob die beiden Alten einander nicht recht leiden könnten.

Karl. Sie haben ja zusammen gedient?

Lottchen. Das wol.

Karl. Sind jetzt Beide Invaliden —

Lottchen. Ja.

Karl. Sprechen Beide gern von ihren Campagnen.

Lottchen. O ja.

Karl. Und auch wol von ihren verliebten Abenteuern —

Lottchen. Warum nicht? mein Vater sieht noch jedes hübsche
Mädchen gern, manchmal gar zu gern.

Karl. Also die schönste Harmonie?

Lottchen. Es gibt doch auch manchen Stein des Ansto=
ßes. Mein Vater hat es bis zum Major gebracht, der
Ihrige nur bis zum Hauptmann; mein Vater trägt in sei=
nem Knopfloch ein Kreuzchen, der Ihrige keines! Jener ist
wohlhabend, Dieser arm. Das alles stört die Gleichheit,
verstimmt und entfernt die Gemüther.

Karl. Es sind aber doch Beide ein Paar Ehrenmänner.

Lottchen. Gewiß. Aber mein Vater hat dem Ihrigen Geld
geliehen, und das ist eine böse Klippe für die Freundschaft.

Karl. Ist es viel?

Lottchen. 500 Thaler auf einen Wechsel.

Karl. Die Zahlung wird ihm freilich sauer werden.

Lottchen. Kürzlich hat nun gar der Herr Hauptmann sich genöthigt gesehen, diese hübsche Wohnung aufzugeben, und eine schlechtere zu beziehen.

Karl. Das hat ihm wahrlich keinen Seufzer gekostet.

Lottchen. Ich will es glauben. Aber daß mein Vater diese hübsche Wohnung sogleich wieder miethen und bezahlen konnte, das hat ihn doch wol ein wenig gekränkt?

Karl. Ach ich meine, das hat er längst vergessen, denn er ist immer so zerstreut —

Lottchen. Nun, in der Zerstreuung geben Beide einander Nichts nach.

Karl. Es fallen bisweilen lustige Auftritte vor.

Lottchen. Ich kann zu Jedem einen Pendant liefern.

Karl. Neulich ist er nicht wohl, will den ganzen Tag nicht ausgehen, doch gegen Mittag fühlt er sich besser, kleidet sich an, behält aber die Nachtmütze auf dem Kopfe und geht richtig damit auf die Straße. Ein Freund, der ihm begegnet, ruft ihm zu: ei, ei, warum mit der Nachtmütze? — Ich befinde mich nicht wohl, erwiderte mein Vater, und werde heute den ganzen Tag nicht aus dem Hause gehen.

Lottchen. Der Meinige hat neben der Klingel vor unserer Hausthür ein Blech annageln lassen, worauf geschrieben steht: „Wenn auf wiederholtes Klingeln die Thür nicht geöffnet wird, so ist der Herr Major nicht zu Hause." Nun kommt er neulich selbst und klingelt. Der Bediente hört ihn nicht gleich; er liest die Schrift, spricht ganz gelassen zu sich selbst: „der Herr Major ist nicht zu Hause," und kehrt richtig wieder um.

Karl. Bravo! das hätte ich höchstens meinem Vater zugetraut.

Lottchen. O in der Zerstreuung ringt Jeder um den Preis.

Karl. Um so leichter müßte es Ihnen werden, dann und wann einen unbemerkten Besuch von mir zu empfangen.

Lottchen. So? — doch wol nicht auf meinem Zimmer?

Karl. Warum nicht? ich habe mehrere Jahre in diesem Hause gewohnt, und kenne hier alle Schliche.

Lottchen. Ich statuire aber keine Schliche, am wenigsten solche, die in mein Zimmer führen.

Karl. Hätte ich das ahnen können, als ich selbst noch dies Zimmer bewohnte, daß einst meine Charlotte —

Lottchen. An der nämlichen Stelle ganz ehrbar einen Strumpf stricken würde, an der Sie vormals Werthers Leiden lasen?

Karl. O lassen Sie mich wenigstens sehen, wie Sie das Stübchen eingerichtet haben.

Lottchen. In Gottes Namen, aber nicht über die Schwelle. (Sie öffnet die Thür ihres Zimmers.)

Karl. Dort unter dem Fenster stand mein Schreibtisch.

Lottchen. Da steht jetzt mein Näherahm.

Karl. Gegenüber hing Ihre Silhouette.

Lottchen. Ich bin fromm, da hängt jetzt die heilige Cäcilie, wie sie auf dem Claviere spielt.

Karl. Dicht am Ofen stand mein Bücherschrank.

Lottchen. Ich kann meine ganze Bibliothek in den Nähbeutel stecken.

Karl. O liebes Lottchen! das Zimmer ist klein, aber wenn ich es mit Ihnen bewohnen dürfte —

Lottchen. Nicht wahr, dann wär' es ein Palast?

Karl. Ein Tempel!

Lottchen. Und so weiter. Wollen Sie nicht auch meines Vaters Bibliothek betrachten? (Sie öffnet das Zimmer gegenüber.)

Karl (sieht hinein). Hier sind große Veränderungen vorgegangen. Meines Vaters Gewehrschränke füllten sonst dieses Zimmer.

Lottchen. Jetzt fressen die Mäuse da den Polybius und den Tempelhoff. — Mein Gott! ich höre Jemand auf der Treppe. Sollte mein Vater schon nach Hause kommen?

Karl. Muß ich mich verstecken?

Lottchen. Verstecken? pfui!

Dritte Scene.

Der Hauptmann. Die Vorigen.

Karl (leise zu Lottchen). Es ist mein Vater.

Lottchen (leise). Wie kommen wir heute zu der Ehre?

Hauptmann. Was seh' ich? Fräulein Charlotte macht einen Besuch bei meinem Sohne?

Lottchen. Wie so, Herr Hauptmann?

Hauptmann. Ich muß Ihnen gestehen, mein Fräulein, das befremdet mich. Ein junges Frauenzimmer, das bei einem jungen Menschen in dessen eigener Wohnung einen Besuch abstattet —

Karl (leise). Merken Sie nicht, er glaubt, er ist zu Hause.

Lottchen. Erlauben Sie, Herr Hauptmann —

Hauptmann. Nein, mein Fräulein, das kann ich nicht erlauben. Ich schätze Ihren Herrn Vater, und folglich auch den guten Ruf seiner Tochter.

Karl. Aber mein Vater, besinnen Sie sich doch —

Hauptmann. Schweig, du Unbesonnener! gewiß hast du das Fräulein zu diesem Schritt verleitet. Du hast gewußt, daß du in ihrer Wohnung sie nicht allein finden würdest, da bist du auf den tollen Gedanken gerathen —

Lottchen. Um Verzeihung, Herr Hauptmann, ich würde mich zu einer solchen Unanständigkeit nie verleiten lassen.

Hauptmann. Also wären Sie gar aus eigener Bewegung hier? Das thut mir leid, das ist noch schlimmer.

Karl. Mein Vater, Sie sind ja hier —

Hauptmann. Nicht willkommen, das merk' ich wol.

Karl. Der Herr Major ist nicht zu Hause —

Hauptmann. Und diesen Augenblick hat das Fräulein gewählt, um verstohlen aus ihrer Wohnung zu schleichen? Noch ein Mal, das ist sehr unrecht, sehr unbesonnen; ich werde diesmal schweigen, allein ich bitte Sie, sich auf der Stelle zu entfernen.

Lottchen (leise). Das ist fürwahr ein wenig ärgerlich. Sie mögen sehen, wie Sie mit ihm zurechte kommen. (Sie geht in ihr Zimmer.)

Vierte Scene.

Der Hauptmann. Karl.

Hauptmann. Ist sie fort?

Karl. Ja sie ist fort. Allein fürwahr, mein Vater, Sie haben das Fräulein sehr beleidigt.

Hauptmann. Wehe ihr, wenn sie die gutgemeinte Warnung eines alten Mannes für Beleidigung nehmen kann.

Karl. Aber mein Gott! Wir sind ja nicht in unserm eigenen Hause —

Hauptmann. Eigen oder gemiethet, das kommt auf Eins heraus. Kurz, ich will nichts weiter davon hören.

Karl. Sehr wol, ich gehe.

Hauptmann. Wohin? — Du sollst bleiben! Du sollst dies Haus nicht verlassen!

Karl. Herzlich gern.

Hauptmann. Du willst ihr nachschleichen — der Vater ist nicht zu Hause — da willst du wol gar den ganzen Abend bei ihr zubringen, uneingedenk ihres guten Rufes und deiner eignen Pflicht gegen deine Braut.

Karl. Braut? Ich habe ja keine Braut.

Hauptmann. Unverschämter! Ist das der Lohn für meine viele Sorg' und Mühe, dir eine schöne reiche Frau zu verschaffen? Du willst dich auf die Hinterbeine stellen? Willst ein ehrbares Mädchen verführen?

Karl. Nicht doch, mein Vater —

Hauptmann. Schweig! die Galle läuft mir über. Es ist mir sehr lieb, so zufällig erfahren zu haben, daß der Major heute abwesend ist. Ich halte es für meine Pflicht gegen meinen alten Kriegskameraden, die Ehre seiner Tochter zu behüten, zumal da mein Sohn der Ehrendieb sein will. Darum wirst du dir gefallen lassen, heute nicht mehr von der Stelle zu weichen.

Karl. Wie Sie befehlen.

Hauptmann. Ja, ich befehle. Und um meiner Sache ganz gewiß zu sein, werde ich dich in dein Zimmer sperren.

Karl. In mein Zimmer?

Hauptmann. Ja, ja, ohne Umstände. Marsch hinein!

Karl. Um Gotteswillen, mein Vater —

Hauptmann. Kein Wort! Du kennst mich.

Karl. In dieses Zimmer?

Hauptmann. Ja, in dieses Zimmer. Da hast du Bücher genug, um dir die lange Weile zu vertreiben.

Karl. O, vor der langen Weile ist mir nicht bange.

Hauptmann. Nun, so geh'.

Karl. Wenn Sie durchaus nicht anders wollen —

Hauptmann. Ei, zum Henker! mach' mich nicht ungeduldig. Fort! hinein!

Karl. Nun, in Gottes Namen. (Er geht in Lottchens Zimmer.)

Fünfte Scene.
Der Hauptmann (allein).

(Er verschließt die Thür hinter Karl und steckt den Schlüssel in die Tasche.) Wenn ich anders handelte, so könnte der Major wol gar glauben, ich selbst gäbe meinem Sohne Mittel und Wege an die Hand, seine Tochter zu bestricken. Davor bewahre mich der Himmel! Ich bin ärmer als er, bin auch nur Hauptmann, und trage keinen Orden, aber was die Ehre betrifft, da nehme ich es mit Jedem auf. — Ich sollte wol heute noch mancherlei Geschäfte abthun, allein wer steht mir dafür, daß der junge Mensch das Schloß aufsprengt, und doch zu dem Mädchen läuft? — Verliebte sind gewöhnlich ganz des Teufels. — Besser, ich bleibe zu Hause. (Er zieht seine Uniform aus und den seidenen Schlafrock an; die Uniform hängt er dagegen über den Stuhl.) Aha, da liegen auch Zeitungen. Richtig, heute ist Posttag. Die wollen wir doch gleich lesen. (Er nimmt die Zeitungen und setzt die daneben liegende Brille auf die Nase.) Hm! hm! das ist curios. Was fehlt denn meinen Augen, daß ich heute durch meine eigene Brille gar nicht sehen kann? — Ich glaube wahrhaftig, die alten Augen haben sich verbessert; ich sehe weit deutlicher ohne Brille. (Er setzt sich in einen Winkel an's Fenster, mit dem Rücken gegen die Thür, und liest die Zeitungen.) „Die Generalstaaten haben einen Gesandten an den König von Polen geschickt." — Ist der Zeitungsschreiber närrisch? oder sind die abgesetzten Generalstaaten verrückt? — Die sollten jetzt ganz ruhig sitzen, in Polen ist Nichts für sie zu thun. — „In Venedig ist ein neuer Doge gewählt worden." — Das wär' der Teufel! das ist unmöglich! Da gäb' es gleich wieder Krieg. — „Der Vesuv fängt an Lava auszuwerfen" — Ja, das kann sein. Es ist ein Glück für den alten Kerl, den Vesuv, daß er blos über Schwefel brütet. Stünde er auf Gold, so wäre er auch schon längst um und um geworfen worden. (Liest weiter.) Hm! hm! hm! Curios!

Sechste Scene.
Der Major. Der Hauptmann.

Major (ohne den Hauptmann zu sehn, betrachtet einen Wechsel, den er in der Hand hält). Ja, ja, der Wechsel ist fällig — heute der Zahlungstermin. Nun, will doch sehen, ob mein alter Kriegskamerad sich einstellen wird? — Hat er Geld auftreiben können, so zweifle ich keineswegs, denn er ist ein Ehrenmann. (Er steckt den Wechsel in die Tasche.) Ich muß aber doch wol zu Hause bleiben, um ihn zu erwarten. (Er zieht die Uniform aus, hängt sie über einen Stuhl, und sieht sich nach seinem Schlafrock um). Wo ist denn mein Schlafrock? — (Er erblickt den Hauptmann.) Oho! Wer sitzt denn da? — Gehorsamer Diener, Herr Hauptmann.

Hauptmann. Ei, ei, willkommen, Herr Major!

Major. Schon lange hier?

Hauptmann. Ein Viertelstündchen.

Major. Ich sehe, Sie haben es sich bequem gemacht.

Hauptmann. Ja, wenn ich zu Hause bin, so pflege ich immer im Schlafrocke zu sitzen.

Major. Was zum Henker! Sind Sie denn zu Hause?

Hauptmann. Hähähä! Freilich, freilich, Herr Major. Sie werden doch mein Zimmer kennen? Ich habe ja schon öfter die Ehre gehabt, Sie bei mir zu sehen.

Major. Ach, so bitte ich tausend Mal um Vergebung. Es kam mir wahrhaftig vor, als sei ich selbst nach Hause gekommen, und in der Zerstreuung zog ich schon meinen Rock aus.

Hauptmann. Hat Nichts zu bedeuten. Ich weiß ja von Alters her, daß Sie bisweilen an Zerstreuungen laboriren.

Major. Nein, das ist aber doch zu arg. (Er zieht statt seiner eigenen Uniform, die des Hauptmanns an.) Ich muß nochmals recht sehr entschuldigen —

Hauptmann. Ich bitte die Worte zu sparen. Dergleichen begegnet Einem ja wol bisweilen. Setzen Sie sich, Herr Major. Es gehen jetzt noch viele wunderbarere Dinge in der Welt vor. Da lese ich eben die Zeitungen. Die Republik Venedig ist wieder hergestellt.

Major. Das wär' der Henker!

Hauptmann (hält ihm die Zeitung hin). Ja, ja, es ist ein neuer Doge erwählt worden.

Major. Erlauben Sie, diese Zeitung ist ja von Anno 1775.

Hauptmann. So? das ist ein Anderes.

Major. Damals gab es noch einen Dogen.

Hauptmann. Ja damals gab es noch Mancherlei.

Major. Wie kommen Sie denn an die alte Zeitung?

Hauptmann. Gott weiß! Vermuthlich hat mein Sohn sie hergeworfen.

Major. Eine solche Zeitung ist in unsern Tagen wahrlich ein rührender Anblick.

Hauptmann. Man kann sie nicht ohne Thränen lesen.

Major. Sic transit gloria mundi.

Hauptmann. Damals waren noch gute Zeiten. Alles wohlfeil.

Major. Jetzt hält es schwer mit der Pension auszukommen.

Hauptmann. Sehr schwer. Man muß sich einschränken und das thu' ich auch. Vormals trank ich ein Gläschen Wein, jetzt erfreue ich mein Herz mit Bier. Vormals rauchte ich Knaster, jetzt Wagstaff. Vormals trug ich seidene Schlafröcke, jetzt nehme ich mit einem wollenen vorlieb.

Major. Nun, was Ihren Schlafrock betrifft, der ist, wie ich sehe, noch immer von Seide.

Hauptmann (betrachtet seinen Schlafrock voll Verwunderung). Ja wahrhaftig. Der ist von Seide.

Major. Und wenn ich nicht irre, so ist es gar mein Schlafrock.

Hauptmann. Das wäre der Teufel! Wie käm' ich denn zu Ihrem Schlafrock?

Major (sieht sich um). Hm! hm! Ich denke, mein Herr Hauptmann, ich befinde mich doch wol in meiner eigenen Wohnung.

Hauptmann. Sollt' es möglich sein?

Major. Besinnen Sie sich nur. Sie sind vor acht Tagen hier ausgezogen, und, wenn mir recht ist, so hab' ich das Quartier gemiethet.

Hauptmann. Ach Gotts Blitz! Sie haben Recht. Ich bitte tausend Mal um Vergebung —

Major. Hat Nichts zu bedeuten. Ich weiß ja von Alters her, daß Sie bisweilen an Zerstreuungen laboriren.

Hauptmann. Nein, das ist aber doch zu arg. Ein fremdes Haus, ein fremder Schlafrock, ich muß mich schämen — (Er zieht den Schlafrock aus, und dagegen die Uniform des Majors an.)

Major. Machen Sie keine Umstände mit einem alten Kriegskameraden. Es ist mir angenehm, daß ich diesem Zufall Ihren Besuch verdanke.

Hauptmann. O, ich würde auch ohnedieß meine Schuldigkeit beobachtet haben.

Major. Sie meinen wegen des Wechsels von 500 Thalern? Damit hat es eben keine Eile.

Hauptmann. Was belieben Sie? Ein Wechsel?

Major. Sie erinnern sich doch? Vor sechs Monaten? Die Pension blieb aus, die Contribution blieb aber nicht aus, und Sie brauchten Geld.

Hauptmann (schlägt sich vor den Kopf). Ich Confusionsrath! Freilich! Freilich! Und wann ist denn der Zahlungstermin?

Major. Heute.

Hauptmann. Heute? O, da muß ich abermals um Vergebung bitten, und eilig in die Stadt rennen, um das Geld aufzutreiben.

Major. Ich bin eben nicht pressirt. Sie haben noch Respect-Tage.

Hauptmann. Nichts da! Nichts da! Der Hauptmann Mengkorn ist ein armer Teufel, aber seine Wechsel hat er immer auf die Stunde bezahlt. Noch diesen Abend habe ich die Ehre, Ihnen wieder aufzuwarten. (Ab.)

Siebente Scene.

Der Major (allein).

Ein braver Mann. Wenn er nur nicht bisweilen so entsetzlich zerstreut wäre. — Ich weiß nicht, warum mir der verdammte Schneider den Rock so kurz gemacht hat? er spannt mich in allen Näthen. — He! Lottchen! Lottchen!

Lottchen (inwendig). Papa!

Major. Wo steckst du? Komm heraus.

Lottchen. Ich kann nicht, ich bin eingeschlossen.

Major. Eingeschlossen? Wie ist denn das zugegangen?

Lottchen. Ich warf die Thür ein wenig haftig zu, und sie sprang in's Schloß.

Major. Hm! das klingt sehr verdächtig. Du bist doch allein?

Lottchen. Allein? O ja, wie man's nimmt.

Major. Hüte dich, ich nehme es ganz verflucht genau. Wenn ich eine Mannsperson bei dir finde, die schlag' ich todt.

Lottchen. Gott bewahre! Es ist Niemand bei mir als meine Putzmacherin.

Major. Nun, so komm heraus.

Lottchen. Ich kann ja nicht.

Major. Wo ist denn der Schlüssel?

Lottchen. Das weiß ich nicht. Vielleicht haben Sie ihn selbst in der Zerstreuung zu sich gesteckt?

Major. Dummer Schnack! Als ob ich so zerstreut wäre. (Er sucht in seiner Tasche.) Doch wahrhaftig, da ist er. Ich habe den Schlüssel gefunden.

Lottchen. O, ich bitte, machen Sie noch nicht auf.

Major. Warum denn nicht?

Lottchen. Die Putzmacherin schämt sich ein wenig.

Major. Warum schämt sie sich denn?

Lottchen. Sie hat eines meiner Kleider anprobirt.

Major. Nun, was thut denn das?

Lottchen. Sie ist mit ihrer Toilette noch nicht ganz wieder in Ordnung.

Major. Ei was! Ich will ihr helfen. (Er schließt auf.)

Lottchen (hält inwendig die Thür). Nur noch ein Augenblick.

Major. Mach' mich nicht ungeduldig.

Lottchen. So, so, jetzt ist sie fertig.

Achte Scene.

Der Major. Lottchen. Karl (in einem Weiberrock, mit einer Saloppe und einer Nachthaube auf dem Kopfe).

Karl (verneigt sich).

Major. Hm! ein recht hübsches Mädchen. (Laut.) Die feine Jungfer hab' ich ja noch nie bei dir gesehn?

Lottchen. Sie ist erst seit Kurzem hier etablirt.

Major. So? Das freut mich. Wie gefällt's Ihnen hier, Mamsell?

Karl (verneigt sich).

Major. Ein Knix? Das soll doch wol heißen gut? — (Karl verneigt sich abermals.) Wieder ein Knix? (Bei Seite.) Das Mädchen ist wol gar eine Novize? Sie hat gar nicht die edle Keckheit einer Putzmacherin.

Karl (will sich fortschleichen).

Major. O, warten Sie doch noch ein wenig. Ich habe auch Allerlei bei Ihnen zu bestellen. Ich — (zu Lottchen) ich will dir eine heimliche Freude machen; du sollst aber nicht wissen, worin sie besteht. Laß mich nur mit der Mamsell allein.

Lottchen (bei Seite). Ich glaube wahrhaftig, sie gefällt ihm.

Major. Geh', geh', mein Kind, du sollst mit mir zufrieden sein.

Lottchen. Lieber Vater, ich habe ohnehin schon so vielerlei bestellt —

Major. Zum Brautstaat? Nicht wahr?

Lottchen. Vielleicht.

Major. Nun geh' nur, ich muß doch auch meinen Willen haben.

Lottchen. Aber die Mamsell ist schon so mit Arbeiten überhäuft —

Major. Aber zum Henker! Ich will mit ihr sprechen. Geh' in die Küche. Vermuthlich wird der Hauptmann heute Abend mit uns speisen. Er ißt gern tyroler Pfannkuchen. Geh' hin und backe uns welche.

Lottchen. Die versteh' ich nicht zu backen.

Major. So begib dich hier in meine Bibliothek, da findest du das Wiener Kochbuch, und das baiersche Kochbuch, und auch die schwedische Jungfer Warg. Da lerne was du nicht verstehst.

Lottchen. Aber, mein Vater —

Major. Zum Henker! du sollst gehorchen. (Er schiebt sie in seine Bibliothek.)

Neunte Scene.

Der Major. Karl.

Major. Nun, mein schönes Kind, sind wir allein. Nun werden Sie doch auch ein Wörtchen von sich hören lassen? — Noch immer nicht? — Welche Art von Putz machen Sie denn? — Kopfzeuge? (Karl nickt.) Ja ja, damit findet man Ihres Gleichen überall beschäftigt. Munter! munter! Mit Ihrer Blödigkeit werden Sie nicht weit kommen. (Karl macht eine Geberde der Ehrfurcht.) Aha, Sie scheuen sich vermuthlich vor meinem Alter? Ich bin freilich kein Jüngling mehr, aber noch rüstig, fröhlich und freigebig, und was hübsch ist, darauf versteh' ich mich auch noch. (Karl verneigt sich.) Nein, nein, es ist mein völliger Ernst. Ich habe schon manche hübsche Putzmacherin gekannt, und sie sind alle mit mir zufrieden gewesen. Was meinen Sie? — Ich bin so ein wenig geradezu nach Soldatenmanier. Wie wär's, wenn wir auch nähere Bekanntschaft mit einander machten? — Sie seufzen? Das ist ein gutes Zeichen. Wo ist denn das Händchen? Warum verstecken Sie es denn so? (Er holt Karls Hand unter der Saloppe hervor und streichelt sie.) Ein hübsches, derbes Händchen. Armes Kind! Sie haben vermuthlich schon manche saure Arbeit verrichten müssen? — Das wollen wir in Zukunft schon anders einrichten, nicht wahr? — Nun, warum drehen Sie denn das Köpschen weg? Man wird Ihnen doch wol unter das Kinn fassen dürfen? (Er thut es.) Gotts Blitz! Ich glaube gar, Sie haben einen Bart? Alle Teufel! Ich will nicht hoffen — (Er reißt Karl'n die Saloppe weg.) Eine Mannsperson! (Er reißt ihm die Nachthaube vom Kopf.) Hol mich der Teufel, eine Mannsperson!

Karl. Ich bitte gehorsamst um Verzeihung.

Major. Bomben und Granaten! Wer sind Sie, Herr?

Karl. Ich bin der Sohn des Hauptmann Mengkorn. Ich liebe Ihre Fräulein Tochter.

Major. Das hat Ihnen der Satan geheißen. Potz Croaten und Baschkiren! mit meiner Tochter in ihr Zimmer eingeschlossen!

Karl. Durch den seltsamsten Zufall von der Welt —

Major. O ich kenne solche Zufälle.

Karl. In allen Ehren.

Major. Das glaub' der Teufel! Warum hätten Sie sich vermummt?

Karl. Weil der Schein gegen uns war, und weil der Herr Major zu sagen beliebten, wenn Sie eine Manns= person fänden, so wollten Sie sie tobt schlagen.

Major. Ja, das will ich auch.

Karl. Um Ihnen nun einen Mord zu ersparen —

Major. Ja, ermorden will ich Sie!

Karl. So warf mir das Fräulein schnell ihre Saloppe und ihre Nachthaube zu.

Major. Diese Nachthaube soll gegen Sie zeugen. (Er steckt sie in die Tasche.) Ich fordre eclatante Satisfaction.

Karl. Schonen Sie wenigstens die Ehre Ihrer unschul= digen Fräulein Tochter.

Major. Eine saubre Unschuld! Eine saubre Ehre! Nichts will ich schonen! Die ganze Familie will ich zusammen be= rufen und ein ordentliches Blutgericht halten. Unterdessen, mein junger Herr, sollen Sie mir nicht von der Stelle.

Karl. Ich werde mich einfinden, sobald Sie es befehlen.

Major. Nichts einfinden! hier bleiben! in meinem Hause bleiben! Und damit Sie mir nicht entwischen, werde ich mir die Freiheit nehmen, sie so lange einzusperren, bis die Familie avertirt ist.

Karl. Mich einsperren?

Major. Ja, junger Herr! Widersetzen Sie sich nur nicht, oder ich rufe meine Leute.

Karl. Ich werde Alles thun, was Sie befehlen.

Major. So gehen Sie hier in meine Bibliothek, da wer= den Sie auch allerlei geistliche Bücher finden. Bereiten Sie sich nur zum Tode.

Karl. Wenn Sie durchaus keine Entschuldigung hören wollen —

Major. Nichts will ich hören! Fort, hinein!

Karl. Wolan, ich stehe für Nichts. (Er geht in die Bibliothek.)

Zehnte Scene.
Der Major (allein).

O ich will schon für Alles stehn. Dafür bürgt mir ein
tüchtiges Schloß, (er schließt zu) und den Schlüssel steck' ich
in die Tasche. — Ist das nicht eine verfluchte Geschichte!
wenn ich nur wüßte, wo das Mädchen hingelaufen ist, ich
wollte ihr gleich den Hals umbrehen. — Aber sie wird sich
schon einstellen, um ihr Urtheil zu empfangen. Ich will die
alten Tanten zusammen berufen, besonders die alten Fräu=
leins mit den spitzigen Nasen: die verwalten in solchen Fäl=
len die Justiz mit gehöriger Strenge, und geben in ihrem
Busen, der mit Ehren welk geworden, keinem verderblichen
Mitleid Raum.

Eilfte Scene
Der Hauptmann. Der Major.

Hauptmann. Da bin ich schon wieder, Herr Major.

Major. Ja, Sie kommen mir eben recht.

Hauptmann. Ich ging um das Geld aufzutreiben, allein
nun hab' ich mich besonnen, daß der Wechsel schon bezahlt ist.

Major. Wie? Bezahlt?

Hauptmann. Ja, sehn Sie nur, ich habe den Wechsel in
meiner Tasche gefunden, und folglich muß er wol bezahlt
sein.

Major. In Ihrer Tasche?

Hauptmann. Da ist er.

Major. Ja wahrhaftig. Nun freilich, wenn er in Ihrer
Tasche war, so kann er wol nicht anders als eingelöst sein.

Hauptmann. Das mein' ich eben.

Major. In diesem Falle bitte ich tausend Mal um Ver=
gebung, daß ich einer getilgten Schuld noch ein Mal er=
wähnt habe.

Hauptmann. Hat Nichts zu bedeuten.

Major. Ich begreife nicht, wie man so vergeßlich sein kann.

Hauptmann. Kleine Zerstreuungen, wie gewöhnlich.

Major. Darüber kann ich doch sonst eben nicht klagen.
Aber mit dem Alter nimmt das Gedächtniß ab. So, zum
Exempel, weiß ich recht gut, daß ich, als Sie hereintraten,

Ihnen etwas Wichtiges zu sagen hatte, und nun kann ich mich doch nicht darauf besinnen.

Hauptmann. Vermuthlich eine Kriegsneuigkeit.

Major. Nein, nein, die erfahren wir heut zu Tage nicht mehr; es wäre denn, daß wir geschlagen worden.

Hauptmann. Wären wir nur noch dabei, Herr Major; nicht wahr, es sollte anders gehen?

Major. Donner und Wetter! wir wollten uns brav hal=ten, wie damals — wissen Sie noch? — als Ihnen eine matte Kugel da gegen die Brust fuhr — Ei! was seh' ich!

Hauptmann. Was sehen der Herr Major?

Major. Ich gratulire zum Orden.

Hauptmann. Ich einen Orden? (Er besieht sich.) Ja wahr=haftig! nun so weiß ich doch, hol' mich der Teufel nicht, wie ich zu dem Orden gekommen bin.

Major. Sie wissen Nichts davon?

Hauptmann. Ich will meinen Kopf zur Bombe machen lassen, wenn ich's begreife.

Major. Das ist curios, ha! ha! ha!

Hauptmann. Aber darf ich fragen, warum Sie Ihren Orden abgelegt haben?

Major. Ich lege meinen Orden nie ab, der geht mit mir zu Grabe.

Hauptmann. Erlauben Sie, da ist Nichts.

Major (besieht sich). Was Teufel —

Hauptmann. Ich komme fast auf den Gedanken, daß Sie vorhin in der Zerstreuung meinen Rock angezogen haben.

Major. Richtig! alle Hagel! und Sie den meinigen.

Hauptmann. Darum war er mir auch so weit wie ein Sack.

Major. Darum konnt' ich auch die Arme nicht rühren.

Hauptmann. Bitte tausend Mal um Vergebung.

Major. Hat Nichts zu bedeuten. Eine kleine Zerstreu=ung, wie gewöhnlich.

(Beide wechseln ihre Uniform.)

Hauptmann. Das pflegt mir doch selten zu widerfahren.

Major. Nun möcht' es aber auch wol mit dem Wechsel eine andere Bewandtniß haben?

Hauptmann. Richtig, Herr Major, nun ist die Sache klar. Der Wechsel ist noch nicht bezahlt. Auf der Stelle will

ich meine Rennbahn von Neuem wieder anfangen. Ich
Dummkopf! die schöne Zeit verloren und mich außer Athem
gelaufen, daß mir der Schweiß von der Stirne trieft. (Er
faßt nach dem Schnupftuch, findet die Nachthaube in der Tasche, und trock-
net sich damit die Stirn. Als er sie wieder einstecken will, wird er den Irr-
thum gewahr.) Erlauben Sie, das ist ein comisches Schnupf-
tuch, das wird wol auch noch Ihnen zugehören.

Major. Donner und Wetter! da fällt mir's wieder bei.
Ihr Sohn hat mein Haus entehrt.

Hauptmann. Ei, ei, wie so?

Major. Beim Anblick dieser Nachtmütze kehrt sich mir das
Herz im Leibe um.

Hauptmann. Beim Anblick einer Nachtmütze?

Major. Wissen Sie, wem sie zug hört?

Hauptmann. Nein, so glücklich bin ich nicht.

Major. Meiner Tochter.

Hauptmann. Das ließ sich vermuthen.

Major. Und wissen Sie, auf wessen Kopfe ich sie fand?

Hauptmann. Sonder Zweifel auf dem Kopfe Ihrer Fräulein Tochter.

Major. Nein, alle Teufel! auf dem Kopfe ihres Sohnes.

Hauptmann. Nun, wenn's weiter nichts ist — eine jung-
fräuliche Nachtmütze wird dadurch noch nicht beschimpft.

Major. Aber ich fand ihn eingeschlossen in diesem Zimmer.

Hauptmann. In diesem Zimmer? ganz recht. Da hab'
ich ihn selbst eingeschlossen.

Major. In meiner Tochter Zimmer?

Hauptmann. Erlauben Sie, es ist sein eigenes schon seit
zwei Jahren.

Major. Vermuthlich denken Sie wieder, Sie wären hier
zu Hause?

Hauptmann (besinnt sich). Gotts Blitz! Herr Major, da muß
ich tausend Mal um Vergebung bitten. Ja ja, so hängt's
zusammen. Ich hab ihn in guter Absicht eingesperrt. Es
war eine kleine Zerstreuung.

Major. Nehmen Sie mir's nicht übel, Herr Hauptmann,
Ihre Zerstreuungen gehen ein wenig allzuweit. Einen jun-
gen Menschen mit einem jungen Mädchen einzuschließen.
Daraus kann viel Böses entstehen.

Hauptmann. Freilich wol, es taugt nicht.

Major. Zum Glück fand ich den Schlüssel in meiner Tasche.

Hauptmann. Das nimmt mich Wunder, denn ich steckt' ihn in die meinige.

Major. Unsere Taschen sind heute in Confusion gerathen.

Hauptmann. Freilich, freilich. Aber ich wollte doch rathen, Herr Major, daß wir die jungen Leute da nicht länger beisammen ließen.

Major. Da kennen Sie mich, wenn Sie glauben, daß ich nicht schon längst mit einem Donnerwetter drein geschlagen. Nein, Herr Hauptmann, ich bin vorsichtiger als Sie, und bin auch nicht so zerstreut, wie Sie. Ich habe den jungen Herrn hier in meine Bibliothek eingesperrt. Sie mögen ihn nun selber in's Verhör nehmen. Wo hab' ich denn den Schlüssel? (Sucht in seinen Taschen.)

Hauptmann. Schon wieder zerstreut, Herr Major? Hähähä! der Schlüssel muß ja wol in meiner Tasche sein. (Er findet ihn.)

Major. Richtig.

Hauptmann (überreicht den Schlüssel). Es kommt mir gleichsam vor, als ob ich den Schlüssel einer Festung überreichte.

Major. Sie denken gewiß dabei an die Belagerung von Steinfels im letzten Kriege?

Hauptmann. Da hat unser Regiment sich hervorgethan.

Major. Das will ich meinen. Unsere Grenadiere standen ja in den Trancheen.

Hauptmann. Mir platzte eine Bombe vor der Nase.

Major. Ich bekam eine Contusion.

Hauptmann. Wir wurden von dem halben Monde bestrichen.

Major. Erlauben Sie, es war eine Bastion. Der halbe Mond lag weiter rechts.

Hauptmann. Bitte um Vergebung —

Major. Ei, das muß ich wissen.

Hauptmann. Ich stand ja Tag und Nacht —

Major. Und wo stand ich denn?

Hauptmann. Hier war der Hauptwall — und hier der halbe Mond — hier standen die Bock'schen Dragoner — und hier stand unser Regiment.

Major. Nicht doch, hier standen die Bock'schen Dragoner.

Hauptmann. Wo denken Sie hin? Hier war eine zerschoſ=
ſene Mühle, und hinter der Mühle —

Major. Die Mühle lag ja weiter links.

Hauptmann. Aber ich ſehe ja noch Alles vor mir, als ob
es geſtern geſchehen wäre.

Major. Hätte ich nur ein Stück Kreide bei der Hand,
ich wollte es Ihnen vormalen. — Halt! warten Sie. (Er
zieht Papier aus der Taſche, reißt Stücken davon, und bezeichnet damit die
Poſitionen.) Sehen Sie, das iſt die Feſtung — und hier die
Mühle — hier wurden die Tranchéen eröffnet — da ſtan=
den unſere Grenadiere — und die Bock'schen Dragoner —

Hauptmann (reißt auch ein Stück herunter). Die ſtanden da.

Major (legt ſein letztes Stück). Nein, hier!

Hauptmann. Um Vergebung, Herr Major, ich bemerke
eben, daß Sie meinen Wechsel zerriſſen haben.

Major. Das wär' der Teufel!

Hauptmann. Eine kleine Zerſtreuung. Hat Nichts zu be=
deuten. Unter Männern von Ehre bedarf es keiner Pa=
piere.

Major. O ich weiß, ich weiß. Aber es iſt doch ärger=
lich. Die verdammte Zerſtreuung! Das iſt mir in meinem
Leben nicht paſſirt.

Lottchen (inwendig). Papa! wenn ich noch Pfannkuchen ba=
cken ſoll, ſo iſt es die höchſte Zeit.

Hauptmann. Die Fräulein Tochter belieben zu rufen.

Major. Da muß ich geſchwind erſt Ihren Sohn aus
dem Hauſe ſchaffen. (Er ſchließt auf.)

Zwölfte Scene.
Lottchen. Karl. Die Vorigen.

Major. Kreuz tauſend Bataillon! ſeid ihr ſchon wieder
beiſammen?

Lottchen. Sie haben uns ja ſelbſt eingeſperrt.

Major. Du lügſt.

Lottchen. Ich ſollte das Wiener Kochbuch zu Rathe ziehn,
und als Sie den jungen Herrn zu mir hereinſtießen, ſo
meint' ich, er ſollte mir ſuchen helfen.

Major. Verflucht! nun beſinne ich mich.

Hauptmann. Hä! hä! hä! wie nun, Herr Kriegskamerad? wo bleibt die gerühmte Vorsicht?

Karl. Lieber Vater, legen Sie ein gutes Wort für mich ein; erbitten Sie mir die Hand des Fräuleins.

Hauptmann. Wo denkst du hin? du bist ja schon Bräutigam.

Karl. Haben Sie vergessen? meine Braut ist ja davon gelaufen.

Hauptmann. Ist sie davon gelaufen?

Karl. Sie bekamen ja vorgestern den Brief.

Hauptmann. Du hast Recht, mein Sohn, es war mir Etwas entfallen. Ja, unter diesen Umständen, Herr Major, dächte ich, es wäre am besten, wir sperrten die jungen Leute auf ewig zusammen. Denn wir sind Beide ein wenig zerstreut, und, um Verliebte zu hüten, muß man alle Sinne und Gedanken beständig complet beisammen haben.

Major. Das ist wol wahr, Herr Hauptmann. Ich hätte auch sonst eben Nichts dagegen, aber meine Tochter ist schon Braut.

Lottchen. Erinnern Sie sich doch, lieber Vater, daß mein Bräutigam gestorben ist.

Major. Ist er gestorben?

Lottchen. Sie erhielten ja diesen Morgen das Notificationsschreiben.

Major. Ja, so ist's. O ich vergesse Dergleichen nicht.

Karl. Darf ich hoffen?

Major. Was soll ich machen? Die Väter selber haben sie schon zwei Mal mit einander eingeschlossen. (Er ergreift Karl bei der Hand und sagt zu ihm) Komm her, meine Tochter.

Hauptmann (faßt Lottchens Hand und spricht zu ihr). Komm her, mein Sohn.

Major (legt Karls Hand in des Hauptmanns Hand). Liebt euch. Heirathet euch.

Hauptmann. Wird sich nicht thun lassen. Hier ist die rechte Person. (Er vereinigt die Hände der Liebenden.)

Major (zu Lottchen). Den zerissenen Wechsel schenk' ich dir zum Nadelgeld.

Hauptmann. Und ich schenke euch Beiden eine gute Lehre: hütet euch in der Ehe vor allen Zerstreuungen.

Das Landhaus an der Heerstraße

Perſonen.

Herr von Lorch.

Nettchen, ein Kammermädchen.

Balthaſar, ein Kammerdiener.

(Der Schauplatz iſt die Landſtraße; an der einen Seite ein Landhaus von gutem Anſehen, zu welchem eine Allee führt, im Vorgrunde eine Laube. An der andern Seite eine Gartenpforte, und in der Ferne mehrere Häuſer.)

Erste Scene.

Balthasar (allein).

Hier also wäre das berühmte Landhaus? — und wirklich schon verkauft? — Gestern erst? — Zwei Stunden vor meiner Ankunft? — Ein verdammter Streich! — O weh, mein armer Herr! Was hilft mir nun das Taschenbuch voll Wechsel, die er von Christen und Juden zusammen getrieben? — Ist es nicht ein Elend in einem Stande geboren zu sein, wo man Alles, was Einem gefällt, nur kaufen — nicht nehmen darf? — Hätte ich ein paar tausend Mann zu commandiren, ich wollte das Landhaus bald erobern, und was erobert wird, nun das gehört Einem von Rechtswegen. Aber so ein armer Privatschlucker wie mein Herr, dessen ganze Armee aus einem Kutscher und einem Kammerdiener besteht, der muß jeden Fußbreit Landes mit Gold belegen; und vergebens blinkt auch das, wenn ein eigensinniger Besitzer nun einmal nicht verkaufen will. — Was fang' ich an? — Kam ich um zwei Stunden früher, so fand ich die Auction noch in vollem Gange. — Ja, da liegt eben die Quelle alles Unglücks verborgen. Immer kommt man in der Welt entweder zu früh oder zu spät. Ein Ketzer wurde verbrannt, weil er zu früh kam, und ein Wunderthäter wird ausgelacht, weil er zu spät gekommen ist. (Er wendet sich nach der Gartenpforte.) Sieh, da erscheint das schlaue Nettchen. Die kommt offenbar zu früh, denn ich bin mit mir selber noch gar nicht einig. — Soll ich sie belügen, oder ihr die Wahrheit sagen? — Belügen müßte ich sie von Rechtswegen, denn sie ist ein Frauenzimmer und ich bin ein Mann. Aber keine Regel ohne Ausnahme. Man sagt, ihr Vater sei ein Jesuit gewesen, und in der That, sie hat ein Köpfchen, dessen der Papa sich nicht zu schämen brauchte. Vielleicht weiß sie Rath zu schaffen. Es kommt ja nur darauf an, zwei Liebende zu verkuppeln. Ein Frauenzimmer wird doch wol in seinem Elemente zu schwimmen verstehn?

Zweite Scene.

Nettchen. Balthasar.

Nettchen. Was seh' ich! Balthasar?

Balth. Leibhaftig, mein schönes Kind.

Nettchen. Wo kommst du her?

Balth. Grades Wegs von meinem Herrn. Zwanzig Meilen bin ich Courier geritten.

Nettchen. Warum hast du dich so angegriffen?

Balth. Das erräthst du nicht? Vor einigen Tagen erhielten wir von deiner Gebieterin Befehl, dies Landhaus zu kaufen. Meines Herrn Amtsgeschäfte hinderten ihn selbst zu kommen, da bepackte er seinen treuen Diener mit Geld und Vollmacht.

Nettchen. Und der treue Diener kam zu spät.

Balth. Um zwei Stunden nur. Daran sind Herz und Magen Schuld.

Nettchen. Nenne nur den Magen zuerst.

Balth. Nun ja. Zehn Meilen von hier mußte ich essen, das währte gerade eine Stunde.

Nettchen. Für einen Courier 58 Minuten zu viel; und die andere Stunde?

Balth. Die hab' ich fünf Meilen von hier mit einer hübschen Posthalterstochter vertändelt.

Nettchen. So so? nun kannst du nur wieder umkehren und bei der hübschen Posthalterstochter nach Gefallen verweilen.

Balth. Das Mädchen war eine Gans. Was ist Schönheit ohne Weisheit und Tugend! Die Gans wird mich auch nicht aus der Patsche ziehn; wol aber du, meine Herzenskönigin! du mit Schlangenlist begabte holde Taube!

Nettchen. Spare die süßen Worte; um beinetwillen thue ich Nichts.

Balth. Aber um der Ehre, um der Liebe Willen.

Nettchen. Allerdings wäre Ruhm dabei zu erwerben, denn eure Sachen stehen sehr schlimm.

Balth. Rede! ich beschwöre dich bei allen Grazien und

Furien! will der alte Herr von Prahm noch immer seine Tochter nur an den Besitzer dieses Landhauses ver= mählen?

Nettchen. So wie wir euch schon längst gemeldet haben. Sein eignes Landhaus ist sein Steckenpferd; in Norden, Süden und Osten hat er sich arrondirt, und bereits alle Ent= würfe seiner Einbildungskraft realisirt; nur in Westen hin= derte ihn stets eine scharf bewachte Grenze, die er respec= tiren mußte.

Balth. Du scherzest. Wer wird denn heut zu Tage noch Grenzen respectiren?

Nettchen Eine Wiese und ein halber Weinberg, das ist Alles was er braucht, um seine Anlagen zu vollenden.

Balth. Kleinigkeiten, die läßt man sich abtreten.

Nettchen. Er hat oft versucht, den eigensinnigen Nachbar zu beschwatzen, allein vergebens. Der hat ihm endlich gar eine Mauer auf die Nase gebaut, die ihn zur Verzweif= lung bringt. Nur mit dem Tode des alten grämlichen Mannes erwachte seine Hoffnung wieder. Die Erben er= klärten, sie würden das Landhaus cum impertinentiis, öffentlich verkaufen —

Balth. Appertinentiis, meine schöne Ignorantin.

Nettchen. Spare deine Weisheit, impertinenter Mensch; ein Frauenzimmer muß man nie corrigiren.

Balth. Leider sind sie incorrigible.

Nettchen. Willst du schweigen und hören?

Balth. Ich schweige und höre.

Nettchen. Das Leipziger Ideen=Magazin hat alle Maga= zine meines Herrn ausgeleert, sonst wäre das Landhaus nimmer einem Andern als ihm zu Theil geworden. Aber Herr von Prahm hat nur Schulden und eine hübsche Tochter.

Balth. Wir wollen ihm gern die erste Hälfte seines Vermögens lassen, wenn er uns die Zweite gibt.

Nettchen. Darum hat er beschlossen, abzuwarten, ob nicht vielleicht ein feiner Junggesell das Landhaus kaufen, und hinterdrein in die artige Nachbarin sich verlieben würde. Der Schwiegersohn, meinte er, könne ihm dann Nichts ab= schlagen. Folglich wies er deinen Herrn vor der Hand zurück; denn der hätte ja mein Fräulein in die weite Welt geführt, und dem Papa die letzte Hoffnung geraubt, seinen Park in Westen auszudehnen. Darum schrieben wir euch, ihr möchtet schnell das Landhaus acquiriren, wenn ihr die Braut acquiriren wollt.

Balth. (gibt sich Ohrfeigen). Zwei Stunden zu spät!

Nettchen. Soll ich dir helfen?

Balth. Aber ist denn nun Alles verloren? Hat denn wirklich ein feiner Junggesell Besitz von dem Landhaus genommen?

Nettchen. Ein Junggesell, wenn gleich eben nicht der feinste. Ein dicker, behaglicher Mann, den sein halbes Jahrhundert noch gar nicht zu drücken scheint. Herr von Lorch hat gestern Abend bei uns gespeist, und zu meines Herrn großer Freude sich vernehmen lassen, er sei nicht abgeneigt, der Fahne Hymens einen alten Rekruten zu liefern. Dabei schmeckte ihm unglücklicher Weise eine Schüssel voll Schmalunk so vortrefflich, daß, als er hörte, mein Fräulein habe sie mit eigner Hand bereitet, er sich entschloß, mit ihr zu liebäugeln, und ich fürchte sehr, wenn er noch ein Mal Schmalunk bei uns ißt, so wirbt er gleich nach Tische um die kunstreiche Hand.

Balth. Dann prügelt mein Herr mich todt.

Nettchen. Und das von Rechtswegen.

Balth. Grausame! keine Thräne um deinen treuen Balthasar?

Nettchen. Ha! ha! ha! hieß nicht einer von den heiligen drei Königen auch Balthasar?

Balth. Ganz recht, der ist meine Pathe.

Nettchen. Nun sieh', der stand früher auf als du, und lief keiner hübschen Posthalterstochter nach.

Balth. Aber doch einem Sterne, und das will auch ich. Du sollst mein Leitstern sein.

Nettchen. Für dich ist ein Irrwisch gut genug.

Balth. Spotte, aber hilf.

Nettchen. Nun ja doch, meinem armen Fräulein zu Liebe möchte ich schon helfen, aber wie?

Balth. Hat der Herr von Lorch keine Neigung zum Gelde?

Nettchen. So viel ich merke, liebt er seine Bequemlichkeit, und da man diese ohne Geld nicht haben kann —

Balth. Wolan, so schöpfe ich neuen Muth. Er hat das Landhaus für 9000 Thaler erstanden; mein Herr gibt ihm 10,000 wieder.

Nettchen. Wenn er aber den Gewinn verschmäht?

Balth. So erdroßle ich ihn.

Nettchen. Mein Freund, ich merke, deine Hilfsmittel sind sehr bald erschöpft. Ich habe dich bisher für einen Schlaukopf gehalten, aber ich sehe, du bist nur ein Dummkopf.

Balth. Was du willst, mein allerliebster Trotzkopf, nur erbarme dich meiner!

Nettchen. Wolan, ich nehme dich in meine Protection. Es blitzt und flimmert Allerlei vor meiner Phantasie. Ich brauche ein Viertelstündchen Zeit um es fest zu halten. — Sieh', dort wandelt der Herr von Lorch die Allee herab. Vermuthlich wird er hier sich niederlassen, denn er hat gestern erklärt, die große Laube an der Landstraße sei sein Lieblingsplätzchen. Versuch' es, ihm das Landhaus wieder abzuschwatzen. Gelingt es, desto besser. Wo nicht, so findest du mich in jenem Gartenhause. Hoffentlich reift mein Plänchen unterdessen, und wenn man anders dich zu Etwas brauchen kann, so ist das Spiel noch nicht verloren.

Balth. Mich kannst du brauchen wie den Skis im Tarok. Aber laß mich doch ein wenig in deine Karte sehn.

Nettchen. Narren plaudern, kluge Leute handeln. So viel kann ich dir wol verrathen: es kommt blos darauf an, dem Herrn von Lorch seinen hiesigen Aufenthalt zu verleiden. Er träumt sich den Himmel; wir müssen ihm geschwind ein Fegefeuer zubereiten; das ist die ganze Kunst.

Balth. O süße Hoffnung! Die holden Lippen, die dich ausgesprochen, muß ich küssen.

Nettchen. Nimm dich in Acht! Die holden Lippen möchten sonst ein Urtheil über deine Backen aussprechen.

Balth. Gebiete über alle meine Backen! was sag' ich? Gebiete über mein Herz!

Nettchen. Jetzt brauch' ich nur den Kopf, wenn du anders einen hast. Er kommt. Leb' wohl. (Ab durch die Gartenpforte.)

Balth. Da schwebt sie hin, die listige, lustige Dirne. Beim Styx! wäre diese Eva im Paradies gewesen, wir säßen Alle noch darin, denn sie hätte den Satan selbst verführt. Drum gutes Muthes, Freund Balthasar! der König aus dem Morgenlande hat eine Allianz geschlossen mit der Königin Melusine.

Dritte Scene.

Herr von Lorch. Balthasar.

(Herr von Lorch watschelt nach der Laube. Ein Bedienter trägt ihm sechs Bouteillen Wein und sechs gestopfte Pfeifen nach.)

Lorch (zu dem Bedienten). Nur hierher, Kaspar, nur hierher. So, so, nun kannst du gehn. Du weißt, ich rauche eine Viertelstunde an jeder Pfeife; sechs Pfeifen, anderthalb Stunden, dann kommst du wieder.

(Der Bediente geht. Herr von Lorch macht sich's bequem.)

Ja, das ist ein behagliches Plätzchen. Ein solches Plätzchen habe ich mir stets gewünscht. Ruhe, Schatten, eine frequente Straße, wo immer etwas Neues, wie in einem Guckkasten vorüber zieht, was mich doch eigentlich nichts angeht, was ich ohne Gemüthsbewegung, ohne Gedanken betrachten kann; ja, dabei hoffe ich alt zu werden.

Balth. Um Verzeihung, habe ich die Ehre, mit dem gnädigen Herrn von Lorch zu sprechen?

Lorch. Ich bin zwar der gnädige Herr von Lorch, allein sprechen laß' ich ungern mit mir.

Balth. Nur eine Viertelstunde.

Lorch. O weh! die kostet mich eine ganze Pfeife.

Balth. Man sagt, Sie hätten dieses Landhaus für neun tausend Thaler erstanden?

Lorch. Ja.

Balth. Sie sind betrogen worden.

Lorch. Wie so?

Balth. Ich bin ein Baumeister.

Lorch. Meinetwegen.

Balth. Das Haus ist feucht.

Lord. Ich spüre nichts.

Balth. Es wachsen Schwämme aus der Mauer.

Lord. Es gibt heut zu Tage überall Pilze.

Balth. Ja, unter den Menschen, da muß man sie wol dulden; aber im Hause — ich bin ein Arzt, mein Herr — ich prophezeie Ihnen Gicht und Zipperlein.

Lord. Die hab' ich ohnehin bisweilen.

Balth. Der Boden ist unfruchtbar — ich bin ein Gärtner — die Quecken haben überhand genommen.

Lord. Die Quecken? ei!

Balth. Im Frühjahr ist die ganze Gegend Ueberschwemmungen ausgesetzt.

Lord. So fährt man auf Böten.

Balth. Es spukt im Garten; unter uns, eine Kindermörderin hat vor einigen Jahren ihr Kind in den Brunnen geworfen.

Lord. Ich trinke kein Wasser.

Balth. Ich bedaure Sie, mein Herr. Sie haben eine so edle Physiognomie — Ihr bloßer Anblick gewinnt die Herzen. Es wird mir ein wahres Vergnügen machen, Sie von dem Landhaus wieder zu befreien.

Lord. Ich will gar nicht davon befreit sein.

Balth. Kurz und gut, ich biete Ihnen zehntausend Thaler, wenn Sie mir es abtreten wollen.

Lord. Nein.

Balth. Tausend Thaler Gewinn ist doch eine hübsche Summe?

Lord. Ja.

Balth. Die findet man nicht auf der Straße.

Lord. Nein.

Balth. Und doch könnte man gewissermaßen sagen, Sie hätten die tausend Thaler hier an der Landstraße gefunden.

Lord. Ja.

Balth. Folglich werden Sie ohne Zweifel —

Lord. Nein, ich werde nicht.

Balth. Wie? Sie wollten —

Lord. Ja, ich will.

Balth. Kaum vier und zwanzig Stunden im Besitz, und schon so verliebt in ein schwammiges Landhaus?

Lorch. Wie kommt es denn, mein Herr Baumeister, Doctor und Gärtner, daß Sie das schwammige Landhaus so theuer bezahlen wollen?

Balth. Eigensinn, Caprice.

Lorch. Damit kann ich auch aufwarten. Es ist mir gar nicht feil.

Balth. Um keinen Preis?

Lorch. Um keinen. Denn sehen Sie, dieses Plätzchen allein, auf dem ich eben sitze und schmauche, dieses Plätzchen ist mir so viel werth, als der ganze Kaufschilling. Darum lassen Sie mich in Ruhe.

Balth. Ach mein Herr! ich gönne Ihnen von Herzen jede Ruhe, wenn es auch die letzte wäre. (Ab durch die Gartenpforte.)

Vierte Scene.

Herr von Lorch (allein).

Nein, das Landhaus verkaufe ich nicht. Es ist sonst wol nicht viel werth — baufällig und geschmacklos — — aber es liegt an der Landstraße! Die Annehmlichkeit ist unbezahlbar. Hier sitze ich den lieben langen Tag, und lasse mir die Zeit vertreiben. Da wird gegangen, geritten, gefahren, Alles gleichsam nur zu meinem Amusement. Mir hat auf der Welt nichts weiter gefehlt, als solch ein Plätzchen. Denn, Gott sei Dank, es gibt viele arme Menschen, aber ich bin reich; es gibt viele kranke, aber ich bin gesund. Nur vor Aergerniß soll ich mich hüten, meint der Doctor. Nun, ich wüßte gar nicht, worüber man sich hier bei sechs Flaschen Wein ärgern sollte?

Fünfte Scene.

Herr von Lorch und Nettchen.

Nettchen (mit einem großen Strohhut und einem Sonnenschirm, das Gesicht mit Schönpfläſterchen beklebt). Ganz gehorsame Dienerin! ach, Sie sind gewiß unser neuer Nachbar, der Herr von

Lorch? ich freue mich unendlich über die Ehre und das Vergnügen —

Lorch. Gehorsamer Diener.

Nettchen. Erlauben Sie, daß ich ein wenig Platz bei Ihnen nehme, das ist so meine Gewohnheit. Ich pflege alle Morgen einige Stunden zu lustwandeln, hier ruhe ich dann gewöhnlich aus. Mit dem vorigen Besitzer dieses Landhauses — Gott wolle ihn trösten in seinem himmlischen Landhause — habe ich manche Stunde verplaudert; das denke ich künftig auch bei Ihnen zu thun, mein werther Herr Nachbar, und wenn Sie sterben sollten — du lieber Gott! Sie sind freilich auch schon ziemlich caput — so müßte ich mich an Ihren Nachfolger halten; denn reden muß ich nun einmal, das ist so meine Gewohnheit. Reden ist eine Gabe Gottes, eine Eigenschaft des Menschen; der Elephant ist ein kluges Thier, aber reden kann er nicht. Und der Affe, mein Herr, der Affe — ja er macht wol allerlei lustige, boshafte Streiche, man sollte bisweilen schwören, er wäre ein Mensch wie unser Einer, aber reden kann er doch nicht.

Lorch (ärgerlich zwischen den Zähnen murmelnd). Nein, reden kann er nicht.

Nettchen. Ich aber, mein werthester Herr Nachbar, ich kann reden.

Lorch. Ja, so hör' ich.

Nettchen. Mit Erlaubniß. (Sie trinkt ihm ein Glas Wein aus, welches er verdrießlich wieder voll schenkt.) Das ist so meine Gewohnheit. O ich werde Ihnen manche Stunde verkürzen. Und glauben Sie ja nicht, daß ich nur bei schönem Wetter mich aus dem Hause wage; nein ich wate durch dick und dünn, es mag schneien oder regnen; da zieh' ich ein paar derbe Stiefeln an, und patsche durch den Koth zu meinem lieben Herrn Nachbar.

Lorch. Sehr verbunden. Allein bei schlechtem Wetter würden die Frau Nachbarin mich hier nicht treffen.

Nettchen. O dann komme ich zu Ihnen in's Haus, das ist so meine Gewohnheit. Ich kenne Ihr Landhaus von Innen und Außen. Gleich rechter Hand ist ein grünes Stübchen, da pflegte der Selige immer zu sitzen. Ach da

haben wir manch liebes Mal bis in die Nacht hinein ge=
schwatzt von Diesem und Jenem, von Krieg und Glückse=
ligkeit, von Frieden und Betrug, von Politik und Jesuiten,
von Frömmigkeit und Concordaten, von Literatur und
Sündflut, von Philosophie und Taschenspielerei, von Re=
censionen und Fabriken.

Lorch. Um Gotteswillen, Madame! meine Ohren, —
Ihre Lunge —

Nettchen. Das ist so meine Gewohnheit. Meine Lunge
steht ganz zu Ihren Diensten. Mit Erlaubniß. (Sie trinkt
das zweite Glas aus.) Ja, der Selige, wenn er anders dieser
irdischen Laufbahn noch gedenkt, wird meine Lunge dort
zu rühmen wissen.

Lorch. Aber ich, Madame — nehmen Sie mir's nicht
übel — ich muß Ihnen meine Schwachheit bekennen, —
ich rede wenig —

Nettchen. Hat nichts zu bedeuten, ich rede desto mehr.
Sie dürfen nur zuhören.

Lorch. Da ich aber noch gar nicht die Ehre habe Sie
zu kennen —

Nettchen. O mein Gott! habe ich Ihnen denn noch nicht
gesagt, wer ich bin? ich bitte tausend Mal um Vergebung,
ich bin ein wenig zerstreut, das ist so meine Gewohnheit.
Ich heiße Leopoldine Gertrude Rosamunde Victorine
Alfonsine Libussa von Lumpenfeld. Das Geschlecht wird
Ihnen bekannt sein, es gibt der Lumpenfelde überall.
Mein Vater war leider nur der jüngste Sohn seines
Hauses, und sah sich genöthigt, um seinen alten Adel
nicht zu beschimpfen, sich schlechtweg Herr Lump zu nennen.
Auch kann nicht geläugnet werden, daß er eine Mesalli=
ance getroffen, indem er sich zu Wien mit einer sittsamen,
wohlerzogenen Kastanienbraterin vermählte. Wir zogen
viele Jahre mit Ombres chinoises in der Welt herum,
ich mußte die Puppen regieren und dazu singen. Ach
Herr Nachbar! da habe ich große Erfahrungen gemacht,
von der Unschuld, von der Tugend, und von der Ver=
gänglichkeit aller menschlichen Dinge. Nach dem Tode
meiner Eltern heirathete ich einen gewissen Herrn Adrian
Wolkenstürmer, das ist so meine Gewohnheit. Vermuth=

lich haben Sie von ihm gehört? er war ein berühmter
Luftschiffer, und brach vor drei Jahren den Hals, das
war so seine Gewohnheit. Indessen hat er mich doch
nicht nackt und bloß hinterlassen. In einigen großen
Städten, wo der Ballon riß, hatten wir so viel gesam=
melt, daß ich, nach seinem tödtlichen Hintritt, mir ein
Häuschen kaufen konnte. Es liegt an dieser Straße,
kaum 300 Schritt von hier; eine Nachbarschaft, die mich
in den Stand setzt, mit nachbarlicher Zwanglosigkeit meinen
werthen Herrn Nachbar täglich zu besuchen.

Lorch. Allzuviel Ehre.

Nettchen. Die Ehre ist auf meiner Seite, das ist so
meine Gewohnheit. O ich freue mich ganz grimmig auf
die langen Winterabende. Da wollen wir uns gar nicht
trennen; da will ich Ihnen erzählen, wie ich auch einmal
mit meinem Manne gen Himmel gefahren bin in einem
weißen Negligé, und wie ich den schönen blauen Horizont
so schwarz gesehen habe als eine Kohle, und wie wir
durch eine elektrische Wolke passirten, daß mir alle Haare
auf den Kopfe knisterten. Wenn ich Ihrem seligen Vor=
fahr das beschrieb, da pflegte ihm jederzeit die Pfeife
auszulöschen, weil er vor Erstaunen den Mund nicht zu=
thun konnte, das war so seine Gewohnheit. Mit Erlaub=
niß. (Sie trinkt das dritte Glas aus.) Ach! er war ein gar zu
lieber Mann! ich muß noch weinen, wenn ich an ihn
denke, hi! hi! hi! ein Junggesell, zwar schon bei Jahren,
aber keusch und sittsam. Ich höre, mein werther Herr
Nachbar sind auch noch Junggesell?

Lorch. Ja, Madame.

Nettchen. Ach du lieber Gott! es ist wol ein schöner
Stand, aber die häusliche Glückseligkeit, darüber geht doch
gar Nichts. Das fühlt man erst recht, wenn man so in
einem Ballon über dem Weltgetümmel schwebt. Ihr
Vorfahr hat das noch auf seinem Sterbebette bekannt,
und wäre er nur früher zu dieser seligen Erkenntniß
gelangt, so weiß ich, ohne Ruhm zu melden, wohl, wer
dieses Landhaus jetzt besitzen würde. I nu, du lieber
Gott, was nicht ist, kann werden. Wir kennen uns noch

zu wenig; wir müssen doch erst versuchen, das ist so meine Gewohnheit, ob auch die Gemüther zu einander passen.

Lord. Freilich, freilich.

Nettchen. Für heute kann ich Ihnen nur wenige Augenblicke schenken. Im Vertrauen, ich habe eine Fabrik — der Staat nimmt viel zu wenig Notiz davon — eine Fabrik — von Räucherkerzen. Leider ist mein Absatz nur gering, denn heut zu Tage wird entsetzlich viel ohne Kerzen geräuchert. Aber ich muß doch ein wenig nachsehen, darum erlauben Sie —

Lord. O ich erlaube von Herzen gern.

Nettchen. Morgen habe ich die Ehre, Ihnen wieder aufzuwarten, und übermorgen und alle Tage. Das ist so meine Gewohnheit. (Sie verneigt sich tief und geht.)

Lord. Hol' dich der Teufel mit deiner Gewohnheit — O weh! o weh! wie werde ich das Weib künftig los?

Sechste Scene.

Herr von Lord. Balthasar.

Balth. (als Bettler). Ich bitte Eure hochgräfliche Excellenz um ein Almosen.

Lord. Ich bin kein Graf und keine Excellenz.

Balth. Es ist so eine bettlerische Redensart. Für unser Einen gibt es auf der Welt nichts als Excellenzen. Die hohen Herrschaften müssen dergleichen rührende Worte hören, sonst geben sie nichts.

Lord. Geh' Er, mein Freund, ich habe nichts bei mir.

Balth. Ach! das ist auch nur eine vornehme Redensart. Wenn Ew. Gnaden durch das Herz in die Tasche greifen wollten, so würde sich schon was finden.

Lord. Er scheint mir ein unverschämter Gast.

Balth. Ei beileibe nicht! Ich bitte ja nur. Es gibt ganz andere Gäste, die fordern und nehmen. Ja Solchen gibt man Alles und ist höflich obendrein, o sehr höflich. Aber wenn so ein armer Teufel, als ich bin, demüthig hintritt und ein paar Pfennige begehrt, da heißt's: er ist ein Taugenichts! und alle Taschen sind leer.

Lord. Ich glaube gar, Er predigt eine langweilige Moral? wer hat Ihm das Recht gegeben hier zu betteln?

Balth. Das Recht? oho, gnädiger Herr! ich bin ein Deutscher, und die Deutschen haben heut zu Tage wol das Recht zu betteln.

Lord. Schämt Er sich nicht? Er ist ein junger, gesunder Kerl. Kann er nicht arbeiten?

Balth. Ach, mein lieber gnädiger Herr! es arbeiten gar wenig Menschen auf der Welt. Im Grunde betteln wir doch Alle, der Eine bei Königen und Ministern, der Andere bei Kammerdienern und Maitressen, der Dritte auf der Straße; das kommt auf Eins heraus.

Lord. Kurz und gut, ich gebe nichts.

Balth. Ich bedanke mich.

Lord. Wofür?

Balth. Daß Ew. Gnaden nichts versprechen. Die großen Herren pflegen sonst die armen Leute hinzuhalten mit allerlei schönen Worten. Da lob' ich mir den gnä=digen Herrn, der sagt Ein für Alle Mal: ich gebe nichts, und damit holla! (Er setzt sich nahe bei der Laube auf die Erde.)

Lord. Nun? was soll das heißen? warum setzt Er sich?

Balth. Das ist mein alter Platz. Ich sitze hier den ganzen Tag an der Straße und singe und bettle.

Lord. Hier? so dicht neben meiner Laube?

Balth. Ja ganz dicht.

Lord. Das leid' ich nicht. Pack Er sich fort!

Balth. Ne, gnädiger Herr, hier können Sie mich nicht fortjagen. Das hat mir der Bettelvogt erlaubt. Die Landstraße haben Sie nicht mit gekauft. Hier singe ich mein Lied Jahr aus Jahr ein. Freilich ist mein Gesang wol nicht weit her, aber morgen will ich meine fünf Kinder mitbringen, die haben recht artige helle Stimmen.

Lord. Wirklich? (Bei Seite.) Das ist ja ein verdammter Kerl! der treibt mich am Ende aus meiner Laube. — Hör' Er, mein Freund, was soll ich Ihm geben, wenn Er abmarschirt und sich einen andern Bettelplatz sucht?

Balth. Täglich einen Gulden, denn so viel verdien' ich

hier, und es gibt keinen bessern Platz auf der ganzen Straße.

Lorch. Da hat Er den Gulden, geh' Er zum Teufel!

Balth. Gott vergelt' es. Morgen komm ich wieder und bringe meine fünf Würmchen mit. (Ab.)

Lorch. Ich merke doch, daß dieses Landhaus auch seine Unbequemlichkeiten hat.

Siebente Scene.
Herr von Lorch und Nettchen.

Nettchen (als Wäscherin, zieht Stricke um die Laube her, und hängt Wäsche darauf).

Lorch. Nu? was soll denn das werden?

Nettchen. He?

Lorch. Ich frage, was das vorstellen soll?

Nettchen. Nichts soll es vorstellen, meine Wäsche will ich trocknen.

Lorch. Hier vor meiner Nase?

Nettchen. Was frag' ich nach des Herrn Nase? Das ist der Trockenplatz. Thue der Herr die Nase weg, wenn die Wäsche ihn hindert.

Lorch. Aber Jungfer, oder Madame, oder Mamsell, ich leide das nicht vor meiner Laube.

Nettchen. Wer hat Ihm denn geheißen eine Laube dahin zu bauen? Hier hat meine Großmutter schon ihre Wäsche getrocknet, und so Gott will, soll es meine Enkelin auch noch thun.

Lorch. Aber ich kann ja vor der Wäsche nicht drei Schritte weit sehn?

Nettchen. Nu, was verliert Er denn dabei? Müßiggänger reiten vorüber, die sind voll Schmutz; fremde Soldaten marschiren vorbei, die sind voll Blut; vornehme Herren fahren in Carrossen, die sind mit Schweiß gemästet. Glaube mir der Herr, es ist gar nicht gut, wenn man weiter als drei Schritt in der Welt sieht, man wird doch nichts Erfreuliches gewahr. Da lob' ich mir ein Stück reine Wäsche. Die weiße Farbe thut den Augen wohl, und wenn der Herr auf der Straße von Unschuld nichts erblickt, so sieht Er doch hier wenigstens ihr Sinnbild.

Lord. Hör' Sie, meine liebe Jungfer oder Frau, wenn ich mich nur ärgern dürfte, so wollt' ich ganz anders mit Ihr reden.

Nettchen (setzt die Arme in die Seite). Ei so seht doch! wie wollte denn der Herr mit mir reden? O ich fürchte mich vor Niemandem. Ich habe schon für ganz andere Leute gewaschen, und wenn der Herr mir's zu bunt macht, so hänge ich Ihm die Wäsche vor die Hausthür, das kann mir Niemand wehren. Seht doch! hört doch! der Herr will anders mit mir reden? Potz alle Hagel! nun, es gibt, dem Himmel sei Dank, noch Gerechtigkeit im Lande, obgleich nicht gar zu viel, und im Notfall haben wir selber gesunde Fäuste.

Lord. Nu, nu, es war so böse nicht gemeint, und die Jungfer thut mir schon den Gefallen, wenn ich Ihr einen Gulden gebe, Ihre Wäsche an einem andern Orte zu trocknen.

Nettchen. Ah jetzt redet der Herr wie ein vernünftiger Mann. (Nimmt den Gulden.) Obligirt. Im Grunde thut der Herr sich selbst den größten Schaden, denn meine Wäsche ist merkwürdig. Die geflickten Hemden zum Exempel gehören einer vornehmen Dame, die brillant'ne Ohrgehänge trägt. (Indem sie ihren Kram zusammenpackt.) Nun, ich gehe schon. Zwar ist hier in der Nähe kein anderer Trockenplatz, aber einem solchen generösen Herrn zu gefallen, mag die Wäsche heute immerhin noch ungetrocknet bleiben. Morgen ist auch ein Tag.

Lord (ganz wehmüthig). Also morgen will Sie wieder kommen?

Nettchen. Alle Tage, gnädiger Herr. Bei mir ist Arbeit voll auf. Ich wasche für die ganze Gegend. Wenn die Sonne scheint, bleib' ich niemals weg, aber wenn es regnet, dann komm ich nicht. (Macht einen Knix und geht.)

Lord. So, so! also wenn es regnet, kann ich ungehindert frische Luft schöpfen? — Angenehme Aussichten! Die Frau Nachbarin will morgen wieder kommen; der Bettler will morgen seine Kinder mitbringen; die Jungfer

Wäscherin will morgen ihre merkwürdige Wäsche trocknen — O weh! o weh!

Achte Scene.
Herr von Lorch und Balthasar.

Balth. (als Rekrut, weint und schluchzt gewaltig).

Lorch. Schon wieder unbehagliche Töne. Warum weinst du, Bursche?

Balth. Sie haben mich angeworben als Trommelschläger.

Lorch. Nun, mein Sohn, so ziehe muthig hin, und trommle für dein Vaterland.

Balth. Ich kann noch gar nicht trommeln, ich soll es erst lernen.

Lorch. So lerne, mein Sohn. Bedenke, welch ein schöner Beruf das Trommeln ist. Es bringt Ehre, Nutzen, Gesundheit und so weiter.

Balth. Ach, warum nicht gar!

Lorch. Ich will es dir beweisen, weil ich eben nichts Besseres zu thun habe. Wenn man einen Fürsten ehren will, was thut man? man läßt trommeln; folglich muß Derjenige, der die Trommel rührt, doch selbst ein Ehrenmann sein. Wenn man eine Feuersbrunst löschen will, was thut man? man läßt trommeln! folglich ist der Trommelschläger ein sehr nützlicher Mann im Staate. Und von Krankheit hat er nichts zu fürchten, denn das Trommeln ist eine sehr gesunde Bewegung.

Balth. Gott sei Dank, der gnädige Herr macht mir wieder Muth. Nun will ich auch gleich meine Trommel holen, und den Wirbel schlagen lernen vom frühen Morgen bis in die Nacht.

Lorch. Ganz wohl. Nur, wenn ich bitten darf, ein wenig weit von meinem Landhause.

Balth. Der Sergeant hat mir befohlen, ich soll auf dieser Stelle trommeln.

Lorch. Nun ja, das fehlte noch. Mein Freund, Er wird mir schon den Gefallen thun, sich einen andern Platz zu wählen.

Balth. Ich darf nicht. Der Sergeant prügelt mich.

Lorch. Ich müßte ja davon laufen.

Balth. Der Herr braucht sich nicht zu fürchten, ich thu' Ihm nichts.

Lorch. Aber der grimmige Spectakel —

Balth. Wie lange kann das dauern? höchstens ein paar Monat.

Lorch. Nun ja, da könnt' Er längst auf meinem Grabe trommeln.

Balth. Von Herzen gern, gnädiger Herr, ich will Ihnen diese letzte Ehre erweisen.

Lorch. Geh' Er zum Teufel! ich leide das Trommeln hier nicht.

Balth. Ach, der Sergeant ist gar ein hitziger, wunderlicher Mann, der fragt den Henker nach Ihrem bon plaisir, der spricht: der Dienst geht vor, und läßt in's Teufels Namen alle Mäuse aus ihren Löchern trommeln.

Lorch. Weiß Er was, mein Sohn? Das Trommeln ist doch immer ein beschwerlicher Dienst; ich denke, Er läuft lieber davon.

Balth. Ja, wenn ich nur Geld hätte, ich ginge nach Amerika.

Lorch. Da, nehme Er diesen Ducaten, mach' Er, daß Er fortkommt. Die Grenze ist ja nicht weit.

Balth. Der Himmel segne Ew. Gnaden. Wenn einmal Ihr Haus brennt, so schicken Sie nur nach mir, so will ich dankbarlich trommeln aus Leibeskräften, so lange noch ein Sparren raucht. (Ab.)

Neunte Scene.

Herr von Lorch (allein).

Den hab' ich mir glücklich vom Halse geschafft. Das wäre ein Satanslärm geworden. So lange ich in Berlin wohnte, bin ich blos deswegen niemals in den Thiergarten spazirt, weil dort immer solche Bursche hinter den Hecken standen und wirbelten, daß einem die Ohren gellten; nun sollt' ich den Spectakel gar vor meinem Landhause erleben. Kein Vogel wäre im Garten geblieben; alle Kinder in der Nachbarschaft wären erwacht und hätten mit geschrien.

Zehnte Scene.

Herr von Lorch und Balthasar.

Balth. (als Sergeant, mit einem Schnurrbart). Himmel tausend Sapperment! was hat sich der Herr unterstanden? meinen Rekruten zur Desertion zu verleiten? Weiß der Herr, daß Festungsstrafe darauf steht? Himmel tausend Sapperment! ein Glück, daß ich ihn noch zu rechter Zeit erwischte. Er hat Alles bekannt. Einen Ducaten hat ihm der Herr gegeben, daß er zu den Feinden überlaufen sollte. Auf der Stelle geh' ich zum Obersten und zeig' es an.

Lorch (bei Seite). Eine neue, verdammte Verlegenheit! — Mein lieber Herr Sergeant, so war es nicht gemeint.

Balth. Bomben und Granaten! wir wollen hören was der Herr Oberst dazu meint.

Lorch. Ich wollte nur den Burschen mit seiner Trommel ein wenig weiter schicken; ich habe so zarte Nerven —

Balth. Wer Teufel fragt nach Ihren Nerven, wenn das Wohl des Staates auf dem Spiele steht? Ja, mein Herr, das Wohl des Staates; wenn der Trommelschläger nicht trommelt, so wird der Feind nicht angegriffen, nicht geschlagen, nicht verfolgt, nicht in's Wasser gesprengt; wer also das Trommeln hindert, der ist ein Vaterlandsverräther! und wer einen Rekruten besticht, daß er davon laufen soll, der ist ein feindlicher Spion und muß gehangen werden.

Lorch. Lieber Herr Sergeant, man kann doch alle Dinge von zwei Seiten betrachten, so wie zum Exempel dieses Goldstück, betracht' Er das einmal.

Balth. (nimmt es). Ja so! ja, das läßt sich hören. Ich sehe denn doch, der Herr meint es ehrlich mit unserm König, trägt sein Bild in der Tasche. Nun, so mag's für diesmal sein Bewenden haben. Der Bursche soll auch heute hier nicht trommeln. (Er trinkt Lorchs Wein aus.)

Lorch. Wenn ich bitten darf, auch morgen nicht, und nie.

Balth. Das kann nicht sein. Ich habe meine Ordre.

Morgen fängt er an zu trommeln, und wenn er fleißig ist, so kann er in sechs Wochen es schon so weit gebracht haben, daß er gegen den Herbst nur noch ein paar Stunden täglich — (Er schenkt sich ein und trinkt.)

Lorch. Ach! mein edler, tapferer Herr Sergeant! könnte man den Lehrling denn nicht vor seinem Quartier trommeln lassen?

Balth. Nu freilich, das ist ja eben sein Quartier.

Lorch. Wo?

Balth. Ihr Landhaus. Hier ist der Einquartirungszettel. Ein Officier, ein Sergeant, zwanzig Mann und ein Trommelschläger.

Lorch. Die sollen hier bei mir — in meinem Landhause wohnen?

Balth. Ja, bis Marschordre kommt.

Lorch. Und wann wird die kommen?

Balth. Wir haben leider Frieden; vor künftigem Frühjahr ist nicht daran zu denken. (Er trinkt.)

Lorch. Ei, das ist ja eine allerliebste Neuigkeit!

Balth. Wir wollen übrigens dem Herrn so wenig Beschwerde als möglich verursachen. Der Officier bekommt Mittags und Abends vier Schüsseln und eine Bouteille Wein; der Sergeant, Ihr gehorsamer Diener, wird schon hier und da Etwas finden. (Er trinkt.)

Lorch. Das merk' ich.

Balth. Die Gemeinen haben ihren Proviant. Nur muß ich bitten, alles Federvieh und dergleichen in Acht zu nehmen, auch einen Wächter zu halten, denn die Bursche gehen bisweilen mit dem Feuer unvorsichtig um.

Lorch. Du lieber Gott! das sind ja prächtige Anstalten zu einem angenehmen Winter.

Balth. Morgen rücken wir ein. Daß nur Alles in Ordnung ist; die besten Zimmer im Hause für den Herrn Lieutenant, der fährt sonst gleich mit allen Donnerwettern drein. Ich will mich schon behelfen, und unterdessen auf des Herrn Gesundheit im nächsten Wirthshause mir ein Räuschchen trinken. (Ab.)

Lorch. Du armer Lorch! du bist schön angekommen. Morgen ist dein Todestag! — Madam Wolkenstürmer

— fünf singende Bettelkinder — eine kreischende Wäscherin — ein fluchender Officier mit 20 Mann — ein Bursche, der trommeln lernt — o du verdammtes Landhaus an der Heerstraße!

Eilfte Scene.

Herr von Lorch und Nettchen.

Nettchen (als wandernde Marketenderin mit hoch ausgestopftem Leibe). Ach! ich kann nicht weiter! ich muß hier herein. (Sie will in das Landhaus gehen.)

Lorch. Wohin? wohin? hier ist kein Wirthshaus.

Nettchen. Ach! ich bitte um Barmherzigkeit! Der Herr mag sein wer Er will, ein Fünkchen Mitleid wird Er doch einer armen Frau nicht versagen, die heute schon drei Meilen mit der schweren Bürde zu Fuß gegangen. Ich wollte zu meinem Manne, der ist Packknecht bei dem Stierumschen Regiment; nun hat mich's überfallen; ich merke, daß mein Stündlein vorhanden ist, und will in Gottes Namen hier meine Wochen halten.

Lorch. Ich glaube, Sie ist rasend.

Nettchen. Wenn ich nur vierzehn Tage bleiben darf; ich will auch den gnädigen Herrn zu Gevatter bitten.

Lorch. Geh' Sie zum Teufel!

Nettchen. Wie? Sie könnten so unchristlich sein, mich auf's freie Feld hinaus zu stoßen?

Lorch. Meint Sie denn, hier wär' ein Accouchirhaus? es liegen Dörfer links und rechts, da mag Sie Unterkommen suchen.

Nettchen. Ach! ich kann nicht mehr! ich muß zum wenigsten hier ausruh'n. (Sie setzt sich neben ihn in die Laube.)

Lorch (in großer Angst.) Aber so pack Sie sich doch fort! Sie ist capabel, hier in der Laube —

Nettchen. Ja, ich stehe für Nichts.

Lorch. Ei so geh' Sie doch um Gotteswillen! ich bin ja des blassen Todes! Da, nehme Sie diesen Ducaten, eile Sie in das nächste Dorf, oder zu der Madame Wolkenstürmer, die wohnt 200 Schritte von hier.

Uettchen. Nun ich will's versuchen. Aber zu Gevatter werden der gnädige Herr doch bei dem armen Wurme stehn?

Lorch. Ja! ja! wenn's nicht anders sein kann.

Uettchen. Wir sind ehrliche Leute; der kleine Pathe soll Ihnen künftig keine Schande machen.

Lorch. Ach! so geh' Sie doch!

Uettchen. So bald der liebe Gott geholfen hat, werde ich es Ihnen zu wissen thun. (Ab.)

Lorch. Ist gar nicht vonnöthen. — Ich zitt're am ganzen Leibe! — Das hätte ein feiner Spectakel werden können. Mein guter Ruf — ich bin hier noch unbekannt — die Nachbarn hätten wol gar vermuthet —

Aber das muß man bekennen, ich habe heute schon ein hübsches Häufchen Geld ausgegeben. Wenn das so fortgeht, so kann ich mich endlich zu dem Bettler an die Straße setzen.

Zwölfte Scene.

Herr von Lorch. Balthasar.

Balth. (als Jäger). Unterthäniger Diener! Seine Durchlaucht, der Herr Fürst von Plundersweil, und Seine Excellenz der Graf von Eichelmast — aber ich bitte tausendmal um Verzeihung, ich glaubte mit dem Besitzer dieses Landhauses zu sprechen.

Lorch. Der bin ich.

Balth. Sie belieben zu scherzen. Ich bin ja schon so manchen Sommer und Herbst mit meiner Herrschaft hier gewesen, und werde doch den Herrn vom Hause kennen.

Lorch. Er ist vor Kurzem gestorben. Ich habe das Landhaus gekauft.

Balth. So so! Das ist ein Anderes. Ei, ist er gestorben? Nun, wir müssen Alle sterben; heute mir, morgen dir, heute roth, morgen todt, der Bettler wie der Fürst, für den Tod kein Kraut gewachsen ist, Ade, du falsche Welt!

Lord. Mein Freund, ich habe jetzt keine Luft, Todes-
betrachtungen anzustellen.

Balth. Der gute selige Herr! er hatte herrlichen Champagner, und alle sein Rindfleisch ließ er in Hamburg
räuchern.

Lord. Hat er noch etwas an den Seligen auszurichten,
so geh' Er auf den Kirchhof.

Balth. Ach nein. Da er nun einmal todt ist, und da
Sie sein würdiger Nachfolger sind, so wird mein Auftrag
an Sie gerichtet sein.

Lord. Nur kurz.

Balth. Seine Durchlaucht, der Herr Fürst von Plundersweil, und seine Excellenz der Herr Graf von Eichelmast entbieten ihren Gruß, und thun zu wissen, daß
sie morgen, wie gewöhnlich, zur Jagd sich einfinden
werden.

Lord. Was geht mich das an?

Balth. Ah so, Sie wissen nicht — nun Sie werden sich
erfreuen. Meine gnädige Herrschaft pflegen alle Jahr um
diese Zeit vier Wochen auf diesem Landhaus zuzubringen.

Lord. So?

Balth. Wegen der schönen Jagd und wegen der vielen
Hasen.

Lord. So?

Balth. Sie bringen nur ein kleines Gefolge mit, 4 Jäger, 1 Kammerdiener, 3 Reitknechte, 2 Kutscher, 20 Pferde,
40 Hunde und 2 Hundejungen.

Lord. Sonst Niemand?

Balth. Sonst keine lebendige Seele. Der Herr Graf von
Eichelmast haben kaum halb so viel Bedienung.

Lord. Wirklich?

Balth. Wegen der Beköstigung sein Sie außer Sorgen.
Wir bringen zwar Nichts mit, aber wir nehmen vorlieb;
was Sie haben, was Küche und Keller vermag. Nur
ein gutes Glas Champagner, das lieben Seine Durchlaucht, das darf nicht fehlen. O wir haben hier einmal
in vier Wochen 400 Bouteillen ausgetrunken.

Lord. Bagatelle.

Balth. Der Selige gab Alles her, denn er wußte die Ehre zu schätzen.

Lorch. Ich aber, mein Herr Nimrod, ich weiß die Ehre nicht zu schätzen. Sage Er Seiner Durchlaucht, und Seiner Excellenz, die Hasen hier herum stehn alle zu Ihren Diensten, mein Landhaus aber bleibt verschlossen.

Balth. Sie spaßen.

Lorch. Nein! nein!

Balth. Ja doch, ja. Wo denken Sie hin? solche vornehme Herren kann man ja nicht abweisen. Und Sie wissen wol, daß Leute von Ehre sich mit Freuden ruiniren, wenn sie nur einmal einen Fürsten bewirthen können.

Lorch. Ich will aber Niemanden bewirthen als mich selbst.

Balth. Ich kann Ihnen auch im Vertrauen sagen: wenn Sie nach der Residenz kommen, so werden Sie jährlich ein Mal bei uns zur Tafel gebeten. So wurde es auch mit dem Seligen gehalten. Nun, was wollen Sie mehr? Vornehme Herren wissen nicht glänzender zu belohnen, und die gescheidtesten Leute halten sich dadurch überschweng= lich belohnt.

Lorch. Ich bin aber nicht gescheidt, und kurz und gut, ich mag keine Gäste.

Balth. Eine solche Antwort darf ich meinem Herrn gar nicht bringen, das wäre Ihr und mein Unglück. Künftiges Jahr mögen Sie es halten, wie Sie wollen, allein für dieses Jahr steht· es nun einmal nicht mehr zu ändern. Die Packwagen sind schon unterweges, der Koch wird in zwei Stunden hier sein, gegen Abend kommen die Hunde, die werden Ihnen ein Concert vorheulen. Morgen rückt die ganze Gesellschaft ein. Indessen hab' ich die Ehre mich unterthänigst zu empfehlen. (Ab.)

Lorch. Nein, nun hab' ich's satt! nun lauf' ich davon! Hat mich denn der Teufel geritten, daß ich das verfluchte Landhaus an der Heerstraße kaufen mußte!

Dreizehnte Scene.
Herr von Lorch Nettchen.

Nettchen (als reisende Kammerjungfer). Ach, dem Himmel sei Dank, daß das malheur wenigstens in der voisinage von einem so reputirlichen Hause geschehen ist. Monsieur, ich bitte mir eilig zu sagen, wo ich den possesseur von dieser Wohnung antreffen kann?

Lorch. Ich weiß fürwahr nicht mehr, ob ich es bin.

Nettchen. Aha, vermuthlich sind Sie es selbst? Oui, oui, c'est vous même. Vous avez l'air d'un galant-homme. Hören Sie nur, was uns arrivir. Die polnische Frau Gräfin Wrbzinska, die auf einer Reise nach dem göttlichen Paris begriffen ist, hat einige hundert Schritt von hier den Accident gehabt, ein Rad am Reisewagen zu zerbrechen. Der Postillon sagt, es sei kein Maréchal ferrant in der Nähe, es könne wol bis morgen dauern, ehe Alles raccommodirt sein werde; darum ersucht die Frau Gräfin Wrbzinska um Erlaubniß, eine Nacht in dieser maison de campagne zu verweilen. Sie will gar nicht incommodiren; sie will ihre übrigen Equipagen alle vorausschicken, und Niemand weiter mitbringen als drei Bediente, zwei Mädchen und Ihre gehorsame Dienerin, welche die Ehre hat, femme de Chambre zu sein.

Lorch. Meine liebe femme de Chambre, bei mir ist kein Wirthshaus.

Nettchen. Ei, wenn hier ein hôtel garni wäre, so würden wir ja nicht erst fragen.

Lorch. In meinem Hause ist auch kein Platz.

Nettchen. Drei bis vier Zimmer, cela suffit.

Lorch. Mehr möblirte Zimmer sind jetzt im ganzen Hause nicht, und die bewohn' ich selbst.

Nettchen. Ich zweifle keinen Augenblick, daß solch ein galanter Herr indessen irgendwo in einem fremden Hause sich placiren werde.

Lorch. Allerliebste Zumuthung!

Nettchen. Monsieur können aber mit uns soupiren. Nur muß ich bitten, sich vorher umzukleiden; den Tabaksgeruch kann meine Herrschaft nicht vertragen.

Lorch. Nicht? da wird sie wol besser thun, ein anderes Logis zu suchen, denn mein ganzes Haus stinkt nach Tabak wie eine Wachstube.

Nettchen. Wir werden räuchern; und überhaupt auf Reisen il faut se faire à tout. Ich eile, die Frau Gräfin zu avertiren, daß zu ihrem Empfange hier Alles bereit ist. (Ab.)

Vierzehnte Scene.
Herr von Lorch (allein).

He! he da! femme de Chambre! — Potz alle Hagel! nun werde ich gar aus meinem eigenen Hause geworfen. Ach! ich will nur gehn, und Alles im Stiche lassen, um mein armes Leben zu retten; morgen wär' ich ohnehin schon mausetodt. Die Bettelkinder werden singen — die Jagdhunde werden heulen — der Trommelschläger wird trommeln — die Frau Nachbarin wird schwatzen — die Wäscherin wird keifen — die Officiere werden fluchen — das Pathchen wird quiken. — Nein, ich halt es nicht aus! ich werde desperat!

Fünfzehnte Scene.
Balthasar (in seiner gewöhnlichen Kleidung). Herr von Lorch.

Balth. (bei Seite). Ich hoffe, nun wird er mürbe sein. (Er thut, als wolle er trällernd die Landstraße hinab wandern.)

Lorch. Sieh' da, ist das nicht der Mann, der mir das Landhaus abkaufen wollte? He! Pst! Pst!

Balth. Was steht zu Befehl?

Lorch. Waren Sie es nicht, mein Herr, welcher vorhin Lust bezeigte, dies Landhaus käuflich an sich zu bringen?

Balth. Ja, ganz recht, allein ich habe mich unterdessen anders besonnen.

Lorch. Ich hingegen habe die Sache reiflicher überlegt. Tausend Thaler Gewinn sind nicht zu verachten. Sie sollen es haben.

Balth. (zuckt die Achseln). Ich muß Ihnen gestehen, mein Herr, ich habe unterdessen so viel Nachtheiliges davon gehört —

Lorch (sieht sich immer ängstlich um). Nun, wissen Sie was, ich geb' es Ihnen für den Einkaufspreis.

Balth. Neun Tausend Thaler ist zu viel, Sie sind betrogen worden.

Lorch (bei Seite). Ja, leider! Ach! wenn die Gräfin Wrbzinska nur noch ein paar Minuten ausbleibt.

Balth. Acht tausend ist der höchste Preis, den man geben kann.

Lorch (bei Seite). Ich glaube, ich sehe sie schon von ferne. (Laut.) Hören Sie, mein Herr, wollen Sie wirklich acht tausend geben?

Balth. Ja, dazu könnt' ich mich allenfalls entschließen.

Lorch. Topp! das Landhaus gehört Ihnen. Kommen Sie nur herein, ich will Ihnen sogleich die Schlüssel abliefern.

Balth. Alsobald werde ich die Ehre haben zu folgen.

Lorch (im Abgehen bei Seite). Hä! hä! hä! der ist geprellt! nun mag er die hohen Gäste empfangen. Hä! hä! hä! der wird sich wundern! (Ab.)

Sechzehnte Scene.
Balthasar. Nettchen.

Balth. (ruft). Nettchen! Nettchen! wir haben gesiegt.

Nettchen. Wir? was vermochtest du ohne mich?

Balth. Ich erkenne dich für meinen Meister, und, wenn du willst, auf ewig für meine Gebieterin.

Nettchen. Wahrhaftig? da könnt' ich mein Glück machen.

Balth. Spotte nicht. Du bist ein Schelm, ich bin ein Schalk; du bist schlau, ich bin listig; du bist hübsch, ich bin geduldig, was gilt's, in zehn Jahren können wir selbst ein solches Landhaus kaufen.

Kotzebue

in Reclams Universal-Bibliothek

Der Abbé de l'Epée. Drama in fünf Akten. Nr. 1020

Der arme Poet. Schauspiel in einem Akt. — Ausbruch der Verzweiflung. Gedicht. Nr. 189

Bayard. Schauspiel in fünf Akten. Nr. 127

Blind geladen. Lustspiel in einem Akt. — Die Rosen des Herrn von Malesherbes. Lustspiel in einem Akt. Nr. 668

Der Edukationsrat. Lustspiel in einem Akt. — Die Witwe und das Reitpferd. Lustspiel in einem Akt. Nr. 1659

Der Gefangene. Lustspiel in einem Akt. — Die Feuerprobe. Lustspiel in einem Akt. Nr. 1190

Der Freimaurer. Lustspiel in einem Akt. — Der Verschwiegene wider Willen. Lustspiel in einem Akt. Nr. 341

Das neue Jahrhundert. Posse in einem Akt. Nr. 3099

Die deuschen Kleinstädter. Lustspiel in vier Akten. Nr. 90

Die beiden Klingsberg. Lustspiel in vier Akten. Nr. 310

Der gerade Weg der beste. Lustspiel in einem Akte. Nr. 146

Menschenhaß und Reue. Schauspiel in fünf Akten. Nr. 102

Pachter Feldkümmel. Posse in fünf Akten. Nr. 212

Das Posthaus in Treuenbrietzen. Lustspiel in einem Akt. Nr. 890

Pagenstreiche. Posse in fünf Akten. Nr. 375

Der Rehbock. Lustspiel in drei Akten. Nr. 23

Die respektable Gesellschaft. Posse in einem Akt. — Die eifersüchtige Frau. Lustspiel in 2 Akten. Nr. 261

Schneider Fips. Lustspiel in einem Akt. Nr. 132

Die Stricknadeln. Schauspiel in vier Akten. Nr. 115

U. A. w. g. Posse in einem Akt. Nr. 199

Die Unglücklichen. Lustspiel in einem Akt. Nr. 2012

Der Vielwisser. Lustspiel in fünf Akten. Nr. 585

Der Wirrwarr. Posse in fünf Akten. Nr. 163

Der häusliche Zwist. Lustspiel in einem Akt. Nr. 479

Die Zerstreuten. Posse in einem Akt. — Das Landhaus an der Heerstraße. Posse in einem Akt. Nr. 232

Das merkwürdigste Jahr meines Lebens. Erzählg. Nr. 6026—30

Moderne Dramatiker

aus Reclams Universal-Bibliothek

* *

Raoul Auernheimer: Die große Leidenschaft. Lustspiel in 3 Aufzügen. Nr. 6039

Rod. Benedix: Das Stiftungsfest. Lustspiel in 3 Aufzügen. Nr. 6296

Max Bernstein: Die Sünde. Lustspiel in 3 Aufzügen. Nr. 5085

— Blau. Lustspiel in 1 Aufzug. Nr. 3254

— Coeur-Dame. Lustspiel in 1 Aufzug. Nr. 2424

Clara Blüthgen: (C. Eysel-Kilburger), Heimkehr. Drama in 2 Aufzügen. — Am Tage der goldenen Hochzeit. Eine Alltagstragödie in 1 Aufzug. Nr. 5235

Fel. Dörmann und Alex. Engel: Tripelentente. Komödie in 3 Aufzügen. Nr. 5724

Paul Ernst: Preußengeist. Schauspiel in drei Aufzügen. Nr. 5796

Martin Frehsee: Tante Tüschen. Lustspiel in 3 Aufzügen Nr. 5965

Fr. Friedmann-Frederich: Gemütsmenschen! Schwank in 3 Aufzügen. Nr. 5527

— Die Vergnügungsreise. Ein Reiseschwank in drei Stationen (vier Bildern.) Nr. 5457

Richard Gorter: Durch die Zeitung. (Eine verflixte Annonce.) Schwank in 3 Aufzügen. Nr. 5787

Hans Härlin: Vaterfreuden. Lustspiel in 1 Aufzug. Nr. 6359

Sándor von Hegedüs: Der Mörder. Ein phantastische Schauspiel in 3 Aufzügen. Nr. 5254

Otto Hinnerk: Nomen est omen. Lustspiel in 1 Aufzug. Nr. 5843

G. Hirschfeld: Überwinder. Drama in 4 Akten. Nr. 5622

— Rösickes Geist. Komödie in 3 Aufzügen. Nr. 5663

Rudolf Huch: Der Kirchenbau. Lustspiel in fünf Aufzügen. Nr. 6557

Carl M. Jacoby: Eine Ehe! Die Tragödie eines Weibes in 3 Aufzügen. Nr. 5316

Gustav Kadelburg: Familie Schimek. Schwank in 3 Aufzügen. Nr. 5748

K. Kraatz und A. Hoffmann: Sö'n Windhund! Lustspiel in 3 Aufzügen. Nr. 5449

E. König: Don Ferrante. Schauspiel in 4 Aufzügen.
Nr. 5217

Erich Korn: Anteros. Drama in 5 Aufzügen. Nr. 5132

Erich Oesterheld: Die einsamen Brüder. Eine sentimen-
tale Komödie in 3 Aufzügen. Nr. 5752

K. Roeßler und Ludw. Heller: Im Klubsessel. Lustspiel
in 3 Aufzügen. Nr. 5552

Max von Schönwies: Die Stärkere. Schauspiel in 4 Aufzügen. Nr. 5385

Karl Schüler: Staatsanwalt Alexander. Schauspiel in
4 Aufzügen. Nr. 5212

Leo W. Stein und Ludw. Heller: Die Ahnengalerie.
Lustspiel in 3 Aufzügen. Nr. 5483

H. Stobitzer: Liselotte. Lustspiel in 4 Aufzügen Nr. 5198

Hans Sturm: Große Kinder. 3 Lustspiele: Heinz hustet. —
Fridolin, das Wunderkind. — So war's einmal. Nr. 5856
— Wie fessle ich meinen Mann? Lustspiel in 3 Aufzügen.
Nr. 5977

C. Toepfer: Des Königs Befehl. Lustspiel in 4 Aufzügen
Nr. 5886

Johannes Tralow: Das Gastmahl zu Pavia. Drama-
tisches Gedicht in 3 Aufzügen. Nr 5167

Hellmuth Unger: Liebesaffären. 4 Lustspiel-Einakter.
Nr. 6432

Hans von Wentzel u. Johanna von Wentzel: 360 Frauen.
Lustspiel in 3 Aufzügen. (Bühneneinrichtung.) Nr. 6025

Hans von Wentzel u. Ferdinand Runkel: Fröschweiler.
Volksschauspiel aus dem Kriege 1870 in 4 Aufzügen.
Nr. 5712

Wilh. Wolters: Der Lebemann. Schwank in 3 Aufzügen.
Nr. 5277
— Leander im Frack. Schwank in 3 Aufzügen. Nr. 5339
— Sein Alibi. Schwank in 3 Aufzügen. Nr. 5116

Paul Zoder: Die Last. Bauerndrama in 3 Aufzügen.
Nr. 5506

Durch jede Buchhandlung zu beziehen

Einaktige
Lustspiele für Liebhaber-Theater

Alle fürchten sich oder Die Hasen in der Hasenheide. Singspiel von L. Angely. Nr. 1717. Vollständ. Klavierauszug im gleichen Verlage.

Als Verlobte empfehlen sich — Lustspiel von Ernst Wichert. Nr. 650

Alte Briefe. Lustspiel von Hans v. Reinfels. Nr. 2515

Am Fenster. Lustspiel von Felix Philippi. Nr. 2928

Am Klavier. Lustspiel von Barrière und Lorin, deutsch bearbeitet von C. F. Wittmann. (Mit drei Musikbeilagen von J. Siebeck.) Nr. 1488

An der Mosel. Patriotisches Gemälde mit Gesang von S. Haber. Musik von A. Conradi. Nr. 2536. Klavierauszug im gleichen Verlage.

Die beiden Herren Leutnants. Schwank von Joh. Ludwig Weber. Nr. 3287

Das war ich. Eine ländliche Szene von Joh. Hutt. Nr. 424

Diana. Schwank von A. Sill. Nr. 2736

Die Dienstboten. Lustspiel von R. Benedix. Nr. 4547

Dir wie mir oder Diesem Herrn ein Glas Wasser. Scherz. Nach dem Französischen von Otto Randolf. Nr. 1579

Doktor Peschke oder Kleine Herren. Posse mit Gesang von D. Kalisch. Nr. 2838. Vollständiger Klavierauszug im gleichen Verlage.

Dreiunddreißig Minuten in Grünberg oder Der halbe Weg. Possenspiel von Karl v. Holtei. (Mit Musikbeilage.) Nr. 5328

Dumm und gelehrt. Schwank von J. v. Plotz. Nr. 2480

Eigensinn. Lustspiel von R. Benedix. Nr. 4492

Einer muß heiraten. Lustspiel von A. Wilhelmi. Nr. 5064

Er ist nicht eifersüchtig. Lustspiel von A. Elz. Nr. 4398

Schöne Seelen. Lustspiel von Felix Salten. Nr. 6537